關於殺人這件事……請勿對號入座

馬卡——著

一念起嗔，殃墮無間

推薦序｜老師父的鑿刀

文／李柏青@《婚前一年》作者、小說家

我與馬卡素昧平生，他來信又正好在我農曆年前最忙碌的時段，因此我思量再三，壓了一個兩個月的期限，想說等工作緩點再來讀稿，馬卡也答應了。

三天後某個晚上，我點開《關於殺人這件事……請勿對號入座》的檔案，以確認是否適合傳送到電子閱讀器上。我讀了第一個故事的第一頁，然後讀了第二頁、第三頁，接著第二個故事……不知不覺便把整本書讀完了。

心得只有兩個字：過癮。

該怎麼形容呢？馬卡的文字便像老木工師父的鑿刀，木柄無花、刀刃無芒，外表毫不起眼，一下刀卻是鋒利無比，幾筆線條，雕龍刻鳳栩栩如生，雕人的面孔還會因為太肖似而讓人有點怕怕的。隨手引一段文字：

在醫院他們一直問她，到底是誰「害」了她。當然「害」這字眼兒用得輕微，用得取巧，他們指的，就是誰侵犯、強暴了她。他們認為她沒男友，也認為她不會那麼不懂事，壓根不敢想像這事兒也有可能是兩情相悅下的結果。但小梨一直不願講話，也沒哭泣，只是看著窗外，但那裡除了灰白天空外，什麼也沒有。

——〈第二次母親〉

《關於殺人這件事……請勿對號入座》的故事都不是本格的推理，我也不喜歡把它們稱為社會派推理——好像不是本格就是社會一樣，硬要分類的話，大概接近「黑色小說」（noir fiction）。核心是那些人生中最糟、最髒、最殘酷的事物，隱藏在看似平順、安穩的日常之下。

馬卡說他有意模仿德國作家費迪南・馮・席拉赫，我認為是很成功的，而且相較席拉赫作品，《關於殺人這件事……請勿對號入座》寫的是台灣的故事，你我或多多少都遇過或聽過的那種，那感覺便不是像外星人入侵太平洋或是恐怖分子炸白宮的故事，而是像聞著一小塊掉在冰箱下面的香蕉、逐漸腐爛發臭生蟲那般。

而且大約過了一定的年紀，生老病死開始變得真實，讓我們更明白命運無常，現有的幸福得之不易，《關於殺人這件事……請勿對號入座》裡的情節就更令人心驚膽戰。我閱讀的過程中不時「喘大氣」，讀完後想去買保險。或許保險公司可以考慮給這本書一些業配。

簡言之，很好看的故事，推薦給各位。

推薦序｜直抵人性之「惡」的黑色故事旅行箱

文／余小芳＠推理評論家

筆者約略於二〇二一年第四季接管台灣推理作家協會官方信箱，正式成為管理員之一。往返的信件大多來自出版社，有時亦摻雜創作者的來信，偶爾收到類似打啞謎或廣告郵件，基於推理小說迷的好奇心，總不免需要稍微探查寄件者的身家來歷與數位足跡。與作家馬卡的初識即來自當年底的魚雁往復，正巧為《殺人是件嚴肅的事》出版的那年。歲月倏忽，再度收到來信，是《關於殺人這件事……請勿對號入座》即將付梓之際。

馬卡出生於一九八一年，因工作機緣在二〇〇八至二〇一〇年間旅居非洲史瓦濟蘭，於黑色大地的時光開啟寫作契機。二〇一〇年起迄今，分別於春天、凱特、九歌、大旗、釀出版、要有光等出版社發行八部作品，其中，《口袋人生》

入圍九歌兩百萬長篇小說徵文獎、《迷走巴士》榮獲可米瑞智百萬電影小說獎首獎、《人魚之夢》入選秀威青少年文學獎，另計有四篇短篇小說刊載於《皇冠》雜誌（已集結至本書），其創造性及想像力豐沛，是擅長書寫黑暗、邪惡與荒謬的跨類型文學小說作者。

全書共收錄七篇短篇異色小說，為馬卡第九本著作，字數落在八千字至一萬三千字之間，故事中的角色沒有大風大浪的境遇，有的是柴米油鹽醬醋茶的偏執和徒勞。若以推理小說派別分類，馬卡的作品遊走模糊地帶，他有美國懸疑大師史丹利・艾林（Stanley Ellin）的奇詭風采，雜揉心理驚悚（Psychological thriller）與犯罪小說（crime fiction）的情節轉折，兼具黑色小說（noir fiction）的冷色調和惡趣味，遣辭用句文雅典麗，內容卻粗暴狂野，難以定義，洋溢成人式的迷幻異想。背景迥異的主角們，承載著不同的飲食起居壓力與暗黑心事，有的騷亂迷離，有的痴狂瘋癲，讓讀者掩卷時或愕然或空虛、或喟嘆或驚奇。內文時而鑲嵌文學性的比喻，譬如明明是幸福滿溢的北海道蜜月旅遊，卻空留一股淡然幽靜的孤寂：

> 那時是春天，空氣極好，盛開的櫻花簡直美得令人不敢置信。阿雪在那兒

擱了一把鮮花，但在櫻花襯托下，那把花毫不起眼。後續路人見了，都覺得那把花很寂寞。

——摘自〈不存在的痣〉

德國作家費迪南・馮・席拉赫本業為律師，著有《罪行》、《罪咎》及《懲罰》等短篇犯罪三部曲，書寫喧囂背後極致的寂寞與徬徨。而本作原名《罪愆》，題材及刻鑿的主題相當有致敬意味。馬卡描繪市井小民日常生活的小情小愛與人生百態，同時刻劃人性黑暗面隱藏的險惡；當他淡漠敘說的另一面，是既疏離又熟悉，貫穿真實且一筆入惡的辛辣，看似簡單而非經意的描摹，往往掀起小人物生命的波瀾萬狀與驚滔駭浪，大力衝擊著讀者的內心和視野，曲折低迴又致鬱。

余小芳

暨南大學推理研究社指導老師、台灣推理作家協會第四居常務理事、台中市立圖書館清水分館迷謎知因推理讀書會導讀者。主編《發條紙鳶：台灣校際推理社團聯盟徵文獎傑作選》一書，部落格為「余小芳的推理隨文2.0」。

目次

迷戀卡繆的女人

她是家庭主婦，也是個美女，人家都說她外型跟深田恭子十分肖似。老公年薪近四百萬，在一間新創科技公司上班。公司員工雖不到三十人，可是每個不是台清交碩士，就是美國名校博士，可謂人才濟濟。她見過他幾個同事，都是沉悶、無趣的科技人，連打扮都是千篇一律的格子或素色襯衫，搭配深色西裝褲。他老公在他們之中已算不錯，至少身高夠。不過她還是覺得他醜，又過胖。尤其不喜歡他沒穿衣服的樣子，他裸體在她面前時，她完全無法正視。讓她很受不了的還有他那邊味道很重，怎麼洗或怎麼改飲食習慣都沒用，更別說口交了，她有時連碰都不敢碰。

她跟前男友分手後，整個人頹靡不已。都三十歲了，還像連續劇的少女失戀一樣，整天躲在房裡哭。她母親很討厭她前男友，覺得他不正經、幼稚，嘴又油，所以對她失戀完全不同情，不到一個月，就強逼她去相親。他們都說他很好，三十五歲沒交過女友，台大碩士、清大博士，身高又高，長得算體面。但在相親飯局中，他穿了過緊、陳舊，又泛黃的襯衫，肥肉輪廓都被擠得現形，臉上有一些凹洞，雙手有汗斑，且已稍微禿頭，看起來像四十五。或許是緊張，他吃飯時，臉上不慎沾上了飯粒。她見狀，忍不住哭了。他們都嚇了一跳，問她怎麼了，她只說肚子不舒服，隨即起身去廁所。

她在廁所裡，看著鏡子裡的自己，覺得很悲哀，居然落得跟這樣的男人相親的下場。「他們難道覺得我的條件就只能配這種人嗎？」她想到了前男友，他帥又風趣，打扮體面，尤其梳起油頭就像陳柏霖，她好想念他，即使他已有了新的女人。她還不死心，一直挽留他。最後他為逼她分手，只得對她說了極難聽的話。現在想起來，她還是會痛。那男人太無情太狠，可她就是愛他。

她擦乾眼淚，再回到飯局，並跟所有人道歉。此時她再看他一眼，彷彿也沒想像中討厭。也許他打扮一下，再減一點肥，可能還可以。於是在介紹人與家長殷殷期盼的眼光下，她勉強擠出了笑容，與他交換了電話。回途時，母親一直耳提面命，要她好好把握這男人，免得將來變成老姑婆。她聽進了母親的建議，可他當晚居然沒打電話給她，她有點生氣。

隔了兩天，依然沒來電話。她覺得他太不識好歹，她的條件跟他比起來，是好很多吧？他卻不主動聯繫，未免太自大了。於是她主動打給了他。其實她也沒希望兩人進一步發展，只想爭個理吧。她一點也不含蓄，劈頭質問他，「你怎麼沒打給我？」電話中的他，好像很緊張。沉吟許久後，才忽然跟她道謝。她納悶，「你謝什麼啊？」他回，「謝謝妳打給我，對不起，我不敢打給妳，我以為妳……」她還是很生氣，「以為我什麼？配不上你嗎？」他又道歉，「不不不，對不起，妳太美了，我以為妳會看不上我……」這時，她才覺得他靦腆得有點可愛。他雖不像她前男友能言善道，總令她不捨掛電話。但緊張到連話都不敢說，可是她第一次遇到這種男人，她當下決定給他個機會。

兩人後續交往時，她常被他欲言又止的態度逗得發笑，此外，她也喜歡他那害羞略帶點傻意的笑容。她開始試圖改造他，帶他去買新衣服、剪頭髮，並要他減肥、健身。此外還帶他去一些演唱會、電影展，後來參加了一個文青讀書會。他們的第一本書是卡繆的《異鄉人》。她以前就很愛卡繆，但主因只是他帥，逢人就說自己最心儀的作家是卡繆，春夢也夢過他幾次。其實她覺得《異鄉人》是一本怪誕不經的書，主角殺人的原因莫名其妙，又囉哩囉嗦自我辯論了一大堆。然而他卻意外地喜歡《異鄉人》，覺得在卡繆所處的時代裡，禮教肯定重要，人們是極在意他人對自己的想法，但卡繆筆下的莫梭在殺人後，卻對他人指控顯得不理解或不在乎，最後甚至希望行刑的那天，能有多點人來咒罵他。當然以現實來看，他覺得這人有病吧，但以文學角度來看，他覺得他還蠻酷的。況且卡繆不但長得帥，又得過諾貝爾文學獎，她就算不喜歡《異鄉人》，也不敢在讀書會說出對《異鄉人》的真實想法，怕被認為水準低。

與她交往後，他確實有改善，開始有點人樣，也稍微有些溫度。但對她而言，說愛也說不上，只覺不反感罷了。而他卻更加愛她，尤其她的笑會讓男人意亂情迷。即使那些文藝活動他不甚喜歡，只要跟她一起參與，就變得有趣。他覺得跟她在一起的日子，呼吸都是甜的。

在母親催促下，不到兩個月，她與他結婚了。她不知自己的決定對不對，只覺得自己太老了。她是想有一個完整家庭，做個稱職的主婦，也不想太晚生，免得像很多女人都如阿嬤生子，很可憐，現在這個他好像能讓她實現願望。婚後，他們住在他那五十坪的高級公寓裡。地點很好，離市區不遠，生活機能也方便。她也如願離職，他的錢都交由她控制，還有一台百萬代步車。婚後生活，她還算遂心。她覺得日子久了，也許能真正愛上他。

誰知事實卻正好相反，尤其令她逐漸討厭的，竟是她一開始最喜歡的，他的溫吞，還有他那靦腆的微笑。她後來甚至覺得可怕，因為他永遠是那副死樣子，也會永遠掛著那害羞的微笑。有時，她也說不上為何，總覺得他的笑容裡，好像藏有什麼祕密，令她感到無比恐懼。

這大概也是深夜的此刻，她來到警局的原因。滿身是血、手拿一把兇刀的她，跟值勤台後緊張的員警說，「對不起，我想我剛殺了我的老公。」

她沒有辦法的。第一眼就深受吸引。那個男人的帥，遠超過她的前男友。他來向她攀談時，她心跳如鼓。而他眼神裡的意涵，她覺得自己不可能認錯。她是在她丈夫公司辦的烤肉宴中首次見到他的，他是她丈夫的老闆。多金、帥氣，臉上的鬍子好有型，聲音低沉富有磁性。雖然年紀可能近五十，但那種成熟的魅力，就如梁朝偉一般，直教人忘了他的實際歲數。她覺得他幾乎配備了性感的所有代名詞。此外，他還非常聰明，是麻省理工學院畢業的高材生。他中英文都是母語程度，還在法國住了五年，談起藝術、文學或音樂時，他比誰都懂。尤其當他說起法語時，更令她心醉神迷。

她原本覺得這烤肉宴很無趣，與眾人話不投機半句多，她獨自走到一棵桂花樹下，享受著清涼的夜風。此時男人走過來，拿了杯酒給她，問她是誰。她抬眼一看，著實嚇了一跳，這裡居然有那麼迷人的男人。她說自己是某某的老婆。他忽然哈哈大笑。她納悶，但隨即懂了。他向她道歉，說自己太無禮，但克制不了笑意。「這怎麼可能？」她只搖搖頭，嘆了口氣，那意思是「我也不懂自己怎麼會嫁給他」。

她是他的妻子，知道他的行蹤；男人是他的老闆，可控制他的行蹤。他們愛得迅速，一週見面三次。她很喜歡男人的家，那是在陽明山的白色高檔別墅，然而男人喜歡冒險，也經常造訪他與她的家，甚在他與她的床上與她燕好。男人喜歡跟他比較，想知道誰讓她更快樂。但對她而言，這根本不用比，他從沒給她高潮過；當她接連不斷高潮時，她恨起了自己。她不懂自己怎麼會淪落到與丈夫這種人結婚。她跟男人才是同個階層，才是合適的一對。

她想離婚，他們之間沒有愛，覺得自己當初被長輩洗腦，才隨隨便便結婚了事。結果她越看他越不順眼，不但不喜歡他，甚至討厭他，現在她則是恨他。恨他讓自己失去了自由，幸好他們沒有小孩。她決定不再與他做愛，免得未來夜長夢多。即便如此，她也沒有理由談分開。他是個好人，從沒虧待她，對她一向呵護入微，日子也過得自律單純，不但煮飯兼做家事，唯一缺點大概就是稍微愛吃一點而已。

她開始挑剔他的一切，嫌棄他無趣，嫌棄他宅，嫌棄他身材不好。她一看到他就生氣，也開始對他毒舌，他說什麼她就是冷嘲熱諷。她一心想要離婚，只想逼得他討厭自己。但他一概承受，深覺得自己確實是高攀，也很感激她，願嫁給自己。他經常耐心地問，「我要怎麼改？為了妳，我願不顧一切，變成更好的男人。」她聽聞他的話，反而哭了。他見她哭感到心疼，想擁抱她。她卻推開他，覺得噁心。她不要。她不要這個男人，更不要他變好。他一旦變好，她就更沒有理由拋棄他。

那天他從公司回家時，跟她說自己隔週得去拉斯維加斯出差，時間長達兩個禮拜。她早知道了，因為那是男人的安排。雖然即期機票很貴，他依然問她要不要跟他一起去。他們可以順道去賭場小賭、看秀，週末還可去大峽谷和羚羊谷。她當然直接回絕，說對美國沒興趣。事實上，她跟男人早訂了去巴黎的商務艙機票，他們將在他出國後兩天啟程，並於他回國前兩天回台。那是她第一次坐商務艙，她一路都覺得跟他在一起，威風凜凜。

巴黎很美。但他們沒浪費時間看風景，整天都在飯店裡做愛。第一天她還有些害羞，但第二天開始，她澈底解放，十足地享受他的身體。她坐在他身上狂搖，尺寸傲人的他能頂到她的最深處，讓她的靈魂都顫抖。那是一種帶點痛又極度舒服的感覺。有時換他在她身後，他們像狗一樣交媾，她已不知何謂羞恥，大喊著要他用全力抽插。有時她會舔他全身，甚至吸吮他的腳趾；有時他會拽她頭髮，或賞她巴掌，但她一點也不在意，她無比喜歡他的凌虐。她甚至想像著，自己在大街上與他做愛，就在眾目睽睽之下。他對她而言，非常新鮮，而她是他第一次遇到如此棄自尊如敝屣的女人。

在回程的飛機上，她坐在商務艙，看著窗下不斷翻滾的白雲。她一邊喝著香檳，另一手在毛毯下撫摸著他的巨物。

她暗自決定了一些事。

§

鑑識組先赴她家查看。一開門，血味撲鼻，隨即在咖啡色沙發後面發現一具屍體。那是一個男人，面朝下倒臥在地上，渾身是血，顯然是被刀子刺死的。大約刺了十刀，主要致命傷是頸子的那一刀。屍體微溫，死亡時間大概是兩個小時前。

一名女警已在她身上採檢過，她身上沒有半點傷痕，血不是她的，至於是不是她丈夫的，還需確認。他們讓她洗了澡，換上乾淨衣物。她現正坐在偵訊室裡。初步看來，她的應對正常，精神狀況沒有問題，只是略顯低落。

既然犯人已承認殺人，還自帶兇器來警局，兩個刑警的態度相對輕鬆。這會兒就剩行兇動機需釐清。她說她是自衛。她的老公一直試圖殺她，她只好先下手為強。

「妳老公為何想殺妳？」他們問。

§

她回到台灣後，覺得巴黎之旅美得像場夢。丈夫還在美國，她則回味著巴黎的滋味，確切來說，是他的滋味。她已深深愛上他，光想到他，就發現自己已濕潤。她在電腦上的youtube裡，選播了一首叫「在巴黎的天空之下」的歌。她聽著歌，打電話給他。她要他猜自己在做什麼。他說，「妳一定在想我。」他猜對了。她把手機的攝影機打了開來，讓他看用手指撐開的自己，一面喘息，一面問他是不是很想進來，她的臉一片暈紅。

他從美國回來時已是半夜，有點疲倦。一進門，坐在客廳的她，覺得自己彷彿聞到他的酸味。現在的她更不能忍受他了。她看他的冷漠眼神讓他很傷心，那不是正常妻子看到久違丈夫應有的眼神。他花了一萬多美金買了百達翡麗的女錶給她，本期望她會很高興，沒想到她卻一副臭臉。收下手錶後，逕回房裡。他好生失望。他在美國時很想她，就連同事找他去脫衣酒吧，他也婉拒，選擇一個人形影相吊待在飯店裡。幾次試圖跟她視訊，她都拒絕，直說累。他回來好想抱抱她，但她卻躲著他。他原本多請了兩天假，打算多跟她相處，然而她冷淡得像陌生人一般。他很沮喪，不太懂她怎麼了。之前她也是冷淡，但至少還是願跟他說話，願跟他接觸。但從美國回來後，她變得像冰一樣。他在房裡摸著她的枕頭，想著自己是不是做錯了什麼，但他不敢問。

第三天一大早，他去上班後，她來到客廳，琢磨著怎麼動筆寫一封信，來跟他坦白一切，並告知決定跟他離婚。她雖然覺得自己很殘酷，但信中並沒有一絲保留，還在信末寫，「我們的婚姻是個錯誤，是我對不起你，對不起！」她把這封信放進信封裡，擺在客廳桌上。

其後她去找那男人。見到他時，熱情地與他擁吻。兩人一番雲雨後，空氣裡都是性愛的味道。他抽著雪茄，沒有說話。不知為何，她覺得他未如過往般熱情。她起身，喝了一口紅酒。這時她鼓起勇氣，問他談得怎麼樣了。他卻依然沉默。她一邊搖著酒杯，一邊說，「我已跟他說了，沒有退路了。」他又抽了口雪茄，說：「我有孩子，事情恐怕不是妳想的那麼簡單。」她很意外。在巴黎時，他跟她說，他很愛她，將不顧一切跟她永遠在一起，要跟她再組一個家庭。她一切都信。她愛他愛得痴狂，忍不住跟他大吵，說他怎麼可以騙她，接著一把抓住他下面，用力捏。男人暴怒，罵她「臭婊子」，並打了她一巴掌。他是打真的，她滾到床下，頭暈目眩，嘴角滲出了血。她雙眼瞪著他，罵他狼心狗肺，說自己不會放過他。

她逃離飯店，想去驗傷，想告他。但他是丈夫老闆，又有錢有勢，就算告成，恐怕也傷不了他。重點是她還是很愛他，也捨不得傷害他。她搭上了計程車，右頰依然熱辣辣的，但她一點也不在意，讓她難受的是心痛。她被情人背叛，又背叛了丈夫，她覺得自己掉進了一個爬不出的黑色深谷。

抵家後，她發現放在客廳桌上的信不見了。她不意外，顯然他已讀過信了。她也已做好準備，面臨另一場風暴。這婚姻她本來就不想要，這男人她本來就不愛。就算被情人背叛，她也不想跟這男人繼續。「來吧！」她跟自己說，「你來吧！」這時，她丈夫穿著圍裙從廚房裡走出來，溫柔地說，「妳回來了，」他臉上又出現她痛恨的微笑，「我做了菜，來吃飯吧。」

她納悶不已，他為何一副若無其事？而且竟然做了一整桌的菜？她一直看著他。他問，「怎麼了？」他指著她臉上的傷口。他走過來，伸手想摸她的臉，她卻別過臉去。「沒事。」她說。

他把手放下，嘆了口氣，又露出那意味不明的笑容。她開始有點害怕。

兩位刑警問，「所以妳是說，妳外遇，妳丈夫因此想殺了妳？」她點頭。刑警又問：「那封信現在在哪裡？」她搖頭表示不知道。她當天放在桌上，回來時就不見了。她認為是他拿走了，他一定也讀過，並已知道她背叛了他。

「他表面上一直裝做若無其事，但我知道，他讀過了。」

刑警又問，「他為何要裝做沒讀過？」

她搖搖頭，說：「我也不清楚，大概是想折磨我……」

§

她不懂他。信既已消失，代表他已看過那封信，知道她對不起他，也知道是自己老闆讓他戴綠帽。但他卻一副若無其事，還是他真的沒有看到信？那，信究竟跑去哪裡了？接下來幾天他還是跟以前一樣溫柔、體貼，不，甚至更好，好到讓她毛骨悚然。

他開始不再加班，有時甚至提早下班，每天回來煮晚飯。他說他要當一個好丈夫。他還跟她道歉，說自己以前只在意工作，沒有認真生活，也忽略了她，未來他要對她更好。他要她晚上不要再忙碌，飯都由他煮。可有時他在廚房裡，就拿著亮晃晃的刀子出來，看著她，一面跟她說「待會飯就好了」，臉上依然出現那詭異的微笑。他有時半夜會忽然坐起來盯著她，她常被嚇一跳，問他在幹嘛，他只說：「妳真的好美！」還有，他不知為何，買了多本法語學習書。她問他為何想學法語，他說未來想帶她去法國玩，又問：「妳不是很愛法國嗎？」她嚇了一跳，覺得他意有所指。他又說，「妳忘了以前我們參加的讀書會嗎？妳說妳很喜歡卡繆，以後想去法國啊？」儘管她確實說過那些話，猶然深覺奇怪。還有一次，他說想讓她吃最新鮮的食材，居然買了一隻活雞回來。那是一隻漂亮的白色母雞，他把牠抱在懷裡，一面看著她，一面像順狗毛一般摸著牠的羽毛。他問她：「這雞很漂亮吧？」然後他拿起刀，直接把母雞的頭給砍下。他還忽然放手，無頭雞的脖子噴著血，就在她面前跑來跑去，嚇得她尖叫不斷。他嘴裡一直說著對不起，但又朝她笑。又是那個可怕的笑，那個他好像知悉一切的笑。「他絕對是在暗示著什麼。」她想。她覺得未來的某一天，他會像殺雞一樣把她的頭砍掉。

她開始恓惶不安，晚上也睡不好。有時做夢還會夢到他那可怕的微笑。她很擔心他半夜會忽然掐她，或拿把刀直往她脖子插去。後來晚上甚至不敢睡，在客廳踱來踱去，一直到早上等他去上班後，把門從內部鎖死，才敢入睡。她不敢跟任何人討論她的想法。這世界大概不會有人相信她，因為他是那麼的好。此外，他開始規律運動，身上贅肉都不見了，也開始蓄鬍，還搽起古龍水。那味道與男人用的好像。幾度，她發現他變得有點兒像他。然而，她的精神卻越來越耗弱。

那天他上班後，她出外晃。走到公園，坐在鞦韆上，盪了一個小時。她想起那男人，但腦子裡只出現他無情的樣子，自從那次從飯店離開後，他不曾聯絡她，他根本就是一個無情的惡人。而她卻是一個時時刻刻都需要愛的女人，但她現在卻得不到愛。

大概下午六點半，她抵家門時，直覺丈夫應已返家，她遲疑著不敢開門，然而此時卻見丈夫正從電梯裡走出來。讓她意外的是，他竟然拉著一條小黃狗。他笑著說，「怕妳寂寞。」那狗兒確實很可愛，稍稍轉移了她的注意力。接著大概才第三天，她覺得自己已愛上牠了，彷彿生命裡已不能沒有牠。她打算隔天到寵物店買些狗的用具跟飼料。

那晚，他做了火鍋。「好香啊。」她吃得很盡興，兩人也喝了點啤酒。火鍋真的很美味，特別是那肉，很特殊的味道，其他配菜也都是她喜歡的。這麼久以來，她第一次覺得輕鬆。吃飽後，她想找她的狗，她一直叫著牠的小名，卻怎麼也找不到。這時她見他站在廚房門外，雙手抱胸靠在牆上，一派輕鬆，一直看著她笑。她整片背脊冒起了雞皮疙瘩，她覺得她懂了，忍不住嘔吐。當晚她報了警。但他跟警察說家裡本就沒狗。「若我家有狗，家裡怎會完全沒有狗的用具呢？」她見他私下跟警察說了一些話。警察看著她，露出狐疑表情，最後默默離開。

這時他又笑著問她，「最近妳怎麼了？」她看著他的笑，心裡直發毛。這會兒，她不敢哭，也不敢吵，她覺得他的笑裡淨是威脅。但他依然笑著說，「我很擔心妳的精神狀況。」隔早，他請了假，帶她去看了精神科醫生。她在醫生前說自己很好，卻不住顫抖，淚流不止。醫生開了鎮定劑給她。晚上，他依然笑著，用關懷備至的口氣說：「寶貝，若再這樣下去，會出問題的，妳必須吃藥。」她本不打算吃的，可是他的臉好可怕，雖笑著看她，眼神卻透露著殺意。她覺得她若不吃，她會被他殺死。吃完藥後，一股倦意襲來，她感到全身無力。在失去意識前，她記得他還是一直笑著看她。

醒來時，她發現自己躺在客廳地板，全身都是血。起先她以為是自己受傷。下一刻，才發現是他全身是血俯臥在地板上……

§

「所以妳是如何殺了他的？」刑警問。
「其實我不記得了，可能那藥讓我精神恍惚了。」
「那妳怎麼知道自己殺了他？」
「當我清醒時，手上握著的那把刀還在他的肚子裡。對不起……我不是故意的。」說完，她開始哭泣。
兩位刑警看著她，覺得這案子的輪廓大概已很清楚。

這時，一個男人來到警局。一臉慌張地跟值勤台的員警說，要找自己的老婆。他緊張到口齒不清，員警納悶地問：「先生你先不要緊張，你說你老婆怎麼了？」他才說，他今天回家時，發現家裡外面有封鎖線。鄰居看到他時，嚇得半死，然後跟他說，「你的老婆好像殺了人，而殺的人就是你啊。」他一頭霧水。鄰居鎮定後，才再向他解釋，今天他家發生凶殺案，他太太殺了人啊，然後警方說，被害人是她的丈夫，說到這，他用手指指著他：「就是你啊。」但此刻他人明明好端端地，「難不成我是鬼嗎？我老婆哪有殺什麼人？警方在發神經嗎？」
值勤台的員警問他以及他老婆的名字。他告知後，員警也嚇了一跳。原來他正是她的丈夫。還在偵訊室的刑警得到通知後，也趕著出來。

「到底是怎麼回事？」

他一臉怒氣，「你們還有臉問我？我人還活得好好地，沒死！我老婆呢？」

一群警察也慌了，趕緊打電話到殯儀館，請他們再次確認死者。結果，死者真不是她丈夫。那是誰呢？

§

雖死者不是她丈夫，但確實有人死。而手持兇刀、身上滿是血的她，依然脫不了關係。她也坦承自己殺人。但她不理解的是，自己殺的怎會是他？那具面朝下、俯臥的屍體的身形與身上衣服的風格，都跟她老公十分類似。她清醒後，驚嚇過度，便以為屍體是自己丈夫。但居然是那男人？但他怎會出現在她家裡？她知道自己吃了藥，精神不太好。會不會是他回心轉意來找她，她卻發瘋把他刺死？她其實還有點兒感動，他居然來找她，猜想他對自己可能餘情未了。但想到這裡，她放聲大哭起來，她怎會殺了她最深愛的他呢？就算未來想找他算帳都沒機會了！

他請了最好的律師幫她辯護。每次探望她時，他都哭得傷心欲絕。對於他，她已不再害怕，當初是她想太多。現在她對於他竟如此在乎自己，感激不已。她也向他道歉，說自己不是一個好太太，然後說自己想放他自由，願無條件跟他離婚。他原本不肯，想等她，說他們還有緣分，他甚至求她不要跟自己分離。但她說自己不想再誤他了，他真的值得更好的人。她原本想說她其實沒愛過他，但於心不忍。在她堅持下，他們真離婚了。在離婚前，他說自己有一個深藏已久的問題，請她務必好好回答他。她覺得她知道他要問什麼。果不其然，他問，「他為何會出現在我們的家？妳為何殺了他？」她低下頭，沉吟一會，然後搖搖頭，說：「我真的不知道。」她最終沒有向他坦承自己跟那男人的事。不是為了自己，是為了他；她不想再傷害他，他對她實在太好，好到讓她無法理解。

就算吃了藥，律師用「暫時性精神異常」做為抗辯，不過精神科醫生不認為該藥能造成精神失能，那只是很一般且被普遍使用的鎮定劑。最後因罪證確鑿，她因殺人罪被判了十五年。

他老闆死後，完全不懂技術的遺孀，只好把公司賣給包括他和幾個資深員工。後來他們把公司越做越好，尤其技術又再突破，已是世界執牛耳的地位。他的資產翻了數十倍，也在陽明山買了一棟豪宅，此外，他也再婚。他的新婚妻子比她大兩歲，並未如她漂亮，還有點兒胖。但她很愛他，也很珍惜他對她的好。他與新婚妻子搭了頭等艙去法國度了蜜月，他們包下一條船，夜間在塞納河上看著巴黎聖母院一年一度的燈光秀，對這樣連想像都覺得奢侈的美景，她感動不已。他們生了兩個孩子，一男一女，之前那隻她誤以為被他們吃了的小黃狗，現也是他們家中重要的一員。因距離公司太遠，他們沒有住在陽明山豪宅，而是住在土城的一間高級房子，陽明山豪宅僅是渡假用的。

那封信現在還在他的保險櫃裡。他確實讀了那封信。他的笑容以及所做的一切詭異行動，也都是刻意的安排。他確實想要殺她，只是後來改變了心意。

不存在的痣

阿雪依然記得阿法老師的手技。

她手指是粗獷的，卻靈巧，當它們在她私處恣意遊走時，彷彿在彈奏一首樂曲，令她舒服得無以復加。但因都是女人，阿雪對這愉悅其實不太自在，畢竟她愛的本是男人。但在阿法老師死後，偶爾夜深人靜時，她手指卻讓阿雪稍許懷念，只是一想到阿法老師的女人身分，就讓她頭皮發麻。

她們婚前，阿法老師曾問阿雪，她到底愛不愛自己。

阿雪毫不猶豫地說：「愛呦！當然！」

但阿雪對自己跟阿法老師的愛根本不太確定，她只覺得自己得嫁她。同志婚姻合法了呀，她找不到不婚的理由。

所以她昏了，也婚了。

§

阿法老師是摔死的。喜好登山的她，破釜沉舟似的，從景色極美的山崖墜至山谷。是意外，至少死亡診斷書是這樣寫的。這對喜好登山的阿法老師而言，算很浪漫的死法吧？

但對阿雪來說，卻相反。阿法老師的頭部因直接撞擊地面，面部嚴重毀損、血肉糢糊不說，連眼珠都少一個。阿雪認屍時，嚇到腿軟，幾乎三個禮拜無法走路。當她恢復後，那畫面一直停在她腦海裡，還伴隨一種碎爛肉屑的腥味，她覺得自己在某種心理定義上而言，已壞掉了。

阿法老師死後曾入阿雪的夢。靜靜抽著煙的她，坐在她們家未開燈的廚房裡。面貌跟往常無二致，且表情和善，臉上帶著一抹微笑。

但，她一直盯著阿雪。

眼神猶如在告訴阿雪「她好像明白了什麼」的感覺。但在夢初始，阿雪以為那人是別人，後來才理解那是阿法老師。她忽然害怕不已，身體開始僵硬，兩腳彷彿又失去控制，開始持續抽筋。

夢醒後的她，居然尿了褲子。

§

阿雪家住新豐的明新科技大學附近，在當地著名大斜坡中段旁邊。民國〇〇年，阿雪父親花四百五十萬買下一套三房兩廳的公寓。對他們三口之家而言，空間很足夠。但令阿雪父親憤怒不已的是，他們鄰居買價竟短了五十萬。他去找建商理論，可也沒得解決辦法。

雖然買貴了，但對阿雪來說，沒差。她喜歡她家，明新科技大學就在附近，她常去那兒運動，有時慢跑，有時跟鄰居一個小她幾歲的妹妹一起打羽球。她喜歡那兒大哥哥大姐姐的青春氣息，尤其在晚上，她經常見他們為一些活動練舞等，很讓她嚮往。有回，她遇到阿法老師，也就是他們國中體育老師。她也在那兒慢跑。兩人聊了一會，約好週末一起打羽球。

阿法老師打球動作像極了豹，迅速而優雅，阿雪則像家貓，動作該快時，不算慢，但卻完全不懂自己目的的感覺。事實上，阿法老師只用三成功力，畢竟她的目的不是打敗阿雪；之後她便刻意放慢速度，與阿雪打起少女羽球。第一次打完球那天下午，她們走出體育館，阿法老師忽然跟阿雪說，她很香。阿雪笑了笑，說：「自己渾身是汗怎麼可能香，神經病呦。」

接下來幾個週末，她們都到學校打球。阿法總會替阿雪準備一瓶結冰水。打完球，阿法老師會帶阿雪到新庄子一間冰店吃冰，據阿法老師說法，「是為了降降體溫。」阿雪喜歡芒果冰，酸酸甜甜怎麼吃都不膩，阿法老師每次都會提醒風韻猶存的中年老闆娘，「芒果要放最甜的。」說完就塞一百元給她，笑得她合不攏嘴。吃冰時，阿法老師常情不自禁輕捏阿雪臉頰。阿法老師跟阿雪說：「是因為妳臉上的痣。」她老忘記那是顆痣，而以為是蒼蠅。她捏她臉則是為趕走那隻不存在的蒼蠅。

阿雪跟阿法老師解釋：「小時候那顆痣很困擾我。因為算命師說，那顆痣很尷尬，一方面是美人痣，點了我就會變醜呦，但另一方面也是顆兇惡痣，尤其會影響我身邊愛我的人呦。我母親想了很久，才決定不把我臉上的痣點掉。」

阿法聞言，笑了笑，說：「妳母親做了很正確的選擇。」

大概在五、六點後，兩人會分離。每次阿法老師都會給阿雪一些小禮物，耳環啦髮箍啦，甚至還有項鍊等。她們走在路上時，阿法老師會牽起阿雪的手，或把手放在阿雪肩上，有時也會摸她腰或臀部上方。阿雪覺得阿法老師像個大姐姐或小阿姨，也像朋友，有時能逗得她開懷大笑。而阿法老師心中已產生幸福感，她想要一輩子陪著阿雪，若有必要，她可把自己全部給阿雪。

一回，阿法老師把阿雪帶到竹北一間登山用品店。阿法老師想替自己買副墨鏡，結果卻買了兩雙一樣的鞋，一雙是給阿雪的。

她告訴阿雪：「就算沒有登山，那鞋也可以穿呦。」不知何時開始，阿法老師喜歡模仿阿雪的說話語氣。阿雪很喜歡那雙鞋，紅得發亮。當她拿起那雙鞋時，在鞋上甚至可看見自己倒影。一個月後，阿雪參加學校登山活動，是阿法老師舉辦的。一行人赴嘉明湖，三天兩夜。

阿法老師跟阿雪說：「我很喜歡登山，山上的美令人無法想像。無光害的夜空，星星就在眼前，真的好像可以摘下來一樣呦。」

登山第一晚，她們住在飯店，阿法老師跟阿雪同房。當阿雪淋浴時，阿法老師走了進去。阿雪嚇了一跳。阿法老師說沒關係，自己也裸體，她只是想幫她擦背。阿雪原本想叫她出去，但不知為何，她未能說出口。

阿雪對那次登山旅行的記憶，僅剩阿法老師的巨乳以及她乳頭刮自己背後的感覺，有點癢，還有山上夜空的星星，真如阿法老師所說的美麗，她有些後悔沒有將它們摘下。

阿法老師每天都傳訊給阿雪，都是無關痛癢的問題，問她在想什麼，在做什麼，吃飽了沒，待會要幹嘛等諸如此類小事。阿雪一直很快回覆。她一向如此，她覺得未能立即回覆，是件沒禮貌的事。但阿法老師的訊息實在太多，多到讓她窒息。她開始刻意慢一點讀，慢一點回。但通常只要她太慢回覆，很快就接到阿法老師的關心電話。阿雪開始覺得煩，壓力如山大。

她跟同學討論，有人跟她說：「老師一定是愛上妳了。」班上也開始有人傳言阿雪是同性戀。阿雪聽聞這消息時，很不舒服，她認為自己不是同性戀的，此外，她也只把阿法老師當長輩看待。被一個同性的長輩愛，未免太奇怪。

在那之後，她開始疏遠阿法老師，但不是很堅決的。她開始找理由拒絕跟她到明新科技大學打羽球，訊息也是有一搭沒一搭地回覆，但不敢漏接她的電話。不過就算接起來，她通常會跟她說自己要讀書，無法聊天。

一晚，她跟一個同學到新竹市區看電影。電影結束後，兩人分離。她獨自在公車站等公車準備回家時，看見阿法老師。當晚飄著綿綿細雨，一身濕漉漉的阿法老師狼狽地來到她面前。她看見她濕透T恤上的乳頭印。阿法老師問她能否私下聊一會兒。阿雪看著阿法老師的落寞神情，無法拒絕。她們來到公車站廁所旁的角落。就算有塑膠棚頂，但早已破爛斑駁，細雨依然落在兩人身上。濕冷雨水流淌阿雪頸子，順勢流入她內衣，讓她感覺雙乳有點冷。

她看見阿法老師腳上的那雙紅色登山鞋，在路燈照射下，濕濕的鞋面好像發著光。這會兒阿雪也正穿著同樣的鞋。她感覺有些彆扭。

一隻蟾蜍好像失去方向感似的，在角落跳呀跳，又或牠好像在嘗試跳過那比牠身形高上數百倍的粉牆。

阿法老師以嘶啞的聲音說：「妳這樣疏遠我，讓我很痛苦。」

阿雪看著地上，說：「我是學生，大考即將來臨，得專心。」

阿法老師重複：「我很痛苦……」

兩人沉默許久，阿雪才說：「我不知道妳在說什麼。」說完，她不自主地摸摸自己臉上的痣。這時阿法老師忽擁抱阿雪，說自己很愛她，沒有她，她不能活，並親吻她。阿法老師一直以為阿雪對自己有感覺，畢竟她們相處已久，就像情侶。但這時阿雪掙脫並用力推開她。她嘗到阿法老師嘴裡的薄荷味道，知道她剛嚼過口香糖，但依然覺得噁心，於是往地下那隻蟾蜍身上吐了口水。

阿雪跟阿法老師說：「老師妳別這樣，妳這樣讓我噁心很想吐，就像那隻蟾蜍一樣。」說完，她快步跑向公車站，阿法老師未追上。抵達公車站後，她用衣袖擦嘴唇，露出嫌惡表情看著依然站在廁所旁角落的阿法老師。

當晚阿法老師傳了很多訊息向阿雪道歉。阿雪這會兒總算堅決拒絕，「老師，妳不要再聯絡我，妳若再傳訊給我，我要告訴別人妳是個同性戀變態，妳騷擾我……」

在那之後，阿法老師對阿雪而言，是陌生人。她不再回應阿法老師任何訊息，當然也不接她電話。阿法老師只能在校園裡看見她，也只敢在遠處看著她。阿雪都知道的，有時她會跟其他女同學嬉嬉鬧鬧，刻意表現出她毫不在意的感覺。阿法老師也知道的，可是她的心好痛。她不太吃不太喝，在那段期間像個死人，事實上她也曾打算就這樣死了算了，只是沒膽子執行。她降了近十五公斤，骨瘦形銷，尤其是臉，像骷髏，其他老師都以為她病了。

很快學期結束，來到了暑假。在那個暑假裡，阿雪家裡發生了變化。在日商公司上班的阿雪父親被調派到日本，而且還是日本最北島嶼，北海道的札幌。

他們在一個月內，舉家遷往北海道。阿雪都來不及跟同學道別。

§

阿雪在日本北海道只住了一年。而那一年，她喜歡北海道冬天的雪，特別的綿密乾淨，像剛出爐的棉花糖一樣，這也不是假的，阿雪聽說許多滑雪愛好者特別來這貴鬆鬆的北海道滑雪，貪的就是北海道高品質的雪。但她並不快樂。因日文不好的她，在學校無法融入，但卻很受日本男孩歡迎。他們喜歡的當然是她那可愛臉頰，此外，也很喜歡她那不標準的日文，覺得可愛極了。另一面，她卻遭受日本女孩排擠，沒有當地女孩想跟這搶走所有男孩目光的異邦女孩做朋友。她們覺得自己深受威脅，甚至對她言語霸凌。當時的她不想談戀愛，但想交朋友。

只是身邊對她示好的，永遠是想跟她 H 的日本男孩。她覺得自己很寂寞。

那是在一月最寒冷的時候吧，札幌氣溫來到負十多度，寒風刺骨彷彿都不足以形容。她與父母三人打算開車到阿寒湖，要花上至少三個半小時。那裡有知名的丹頂鶴，若幸運，可看見上百隻在湖上飛舞的優美身姿。阿雪母親老早就訂了當地最知名的溫泉旅館，加碼高檔懷石料理，對這次旅行可說是深深期待。

可能是因阿雪父親對雪地開車不甚熟悉，他們出了車禍。車子在雪地上打滑，嘩啦嘩啦地，後來撞到護欄，連車蓋都給掀起。坐在後座的阿雪母女不斷尖叫。

冷靜的阿雪父親最早下了車，開門讓兩人也下車，幸好大家都沒有受傷。阿雪父親用流利日文打電話報警，三人於是在路旁等待，凍得直發抖。這一區灰濛濛的，冰冷空氣裡有泥土的味道，地面遍布凍傷的草。這時阿雪表示自己手機在車上，轉身想回車上拿，但阿雪父親拉住她，表示太危險，「我去拿吧。」

他向車走去，開啟後車門，屈身將阿雪手機從後座取出後，向阿雪笑了笑。這時，一輛汽車疾駛而來，毫不猶豫地輾過阿雪父親。

在阿雪記憶裡，不知為何，她只記得父親死亡的畫面很美。毫無痛苦感的他，躺在純白的雪地上，血液蔓延出來，像長了紅色翅膀的天使一樣。

她們母女在阿雪父親死後不久就回台。阿雪母親未替丈夫辦葬禮，僅讓葬儀社簡單安排後事。一個道士念經，幾把燃起的經紙陪葬，就把他的骨灰罈送進家族靈骨塔裡。無葬禮原因倒非經濟關係，事實上，阿雪父親的公司是良心企業，替他投了保，可領約三百萬元台幣，再加上勞保及阿雪父親存款，是夠她們母女生活一陣子了。真正原因是她們親戚、朋友少，阿雪母親害怕場面淒涼，所以簡單處理。阿雪父親死後，阿雪母親想起多年前算命師的話，想起阿雪臉上那顆痣。她開始覺得丈夫的死與阿雪有關，於是憎恨起阿雪。經常跟她發脾氣，通常都是為一些雞毛蒜皮的小事。個性溫柔的阿雪能體會母親喪夫之痛，從不惡言回嘴。隔年，她考上了明新科技大學應用外文的日文組，成了新鮮人。

對於念大學，她是期待的，但因跟母親關係繼續惡化，一方面還是有所顧慮；她無法跟母親開口拿學費。

「那些是妳爸的手尾錢。」這是她針對理賠金唯一提過的一次。阿雪不敢多問，也做好自己支付學費的打算。阿雪母親一直以來都沒有工作，完全沒有謀生能力。後來因某個朋友，她開始信奉一種奇怪宗教，甚至開始捐錢，在她觀念裡，她捐錢是為阿雪積德，以免她繼續害其他人，也就是她自己。

§

在大學的時候，阿雪與一個同年級電機系的阿文很要好。但他們不是在學校認識的，而是在學校附近一間日式拉麵店，他們是同事。阿文長得高高的，快要一百九十公分。肌肉線條十分明顯，臉上就算早起刮鬍，到中午也會有鬍碴，是個很原始的男孩模樣。那是她第一個男友。他們的相識一點也不浪漫。阿雪第一天來工作時，另一個同事 A 指導她工作內容。阿雪不太喜歡 A，他就是一副色胚醜男樣，還滿臉痘子，阿雪覺得自己若是客人，看到他肯定吃不下。看著他臉，聽他說話，阿雪都覺得不舒服。A 在說明工作時，一直藉故碰她，讓阿雪有點嘔氣。好不容易捱到十點下班，阿雪走出店外，看見阿文在外頭抽煙。

他問：「願意跟我出去看夜景嗎？」

阿雪有點意外，畢竟阿文那天上班時，一句話也沒跟她說，她還以為他不喜歡自己。她看了看手錶，想了一下，覺得太晚了。但她依然坐上阿文機車，手扶上他腰，跟他到天德堂的夜間咖啡小店喝咖啡，一面欣賞竹北夜景。阿文身上有淡淡煙味，但阿雪不在意。不知怎地，竹北夜空讓她想起無光害的山頂天空，又想起了阿法老師。

儘管阿文是一個很英俊的男孩，但卻很安靜；幾次約會下來，阿雪試圖跟他聊天，可是最終都放棄了。不過阿雪卻不認為這是缺點，她不喜歡多話的男孩，她覺得太多話不夠男人。阿雪後來明白，阿文之所以沉默，可能是因他複雜的家庭背景。

他爸爸是一個小工程公司的落魄老闆，一直以來都慘澹經營，一年大概只能接兩三個小案子，扣除他們住家或阿文爸爸嘴裡所謂的辦公室租金、機具租金，以及臨時人員薪水等，一年幾乎算不上獲利。他迷戀杯中物，醉的時間好像比清醒的時間多。而阿文沒有母親。她在阿文十二歲時，被車撞死了。是阿文父親的錯。阿文聽外祖母說，他倆深夜時分在車上因阿文父親拈花惹草而吵架。阿文母親激動堅持他把車停下，她也真下了車，阿文父親立即負氣駛離，後來跟朋友在竹北一間海產店買醉，再跟一個熟識的護膚店妓女到破爛旅館風流一夜。他睡到隔天下午起床，看手機才知道自己老婆被車撞死。阿文外祖母對他很不諒解，從此不跟阿文父親說話。阿文父親因此得到一筆理賠金。不過一部BMW，幾個女人依次風流一陣，再加上幾場賭局，那些理賠金很快就被阿文父親花得一乾二淨；他甚至不清楚自己到底領了多少。阿文在高中時就在那間拉麵店打工，他不喜歡跟那廢物父親說話或向他開口拿錢。他早就認清命運。無論是學費或生活費，他必須自己掙。

一晚，阿文在家裡外頭抽煙。他家前面是條大水溝。很臭的。尤其在夏天傍晚，常常飄出類似死亡的臭味。阿文之所以知道死亡的臭味是因為，當年母親過世時，因冰櫃出了一點問題，導致入殮時，屍體因溫度不夠低而發臭，臭得眾人紛紛走避。阿文當時看著自己母親，那個他深愛的女人，雖然他很難過她的離去，但卻因惡臭，也忍不住咳嗽。他感到愧疚不已，覺得不該嫌棄自己母親。這個時候的他抽著煙，忽然因臭味而回想起這段往事。就算母親在他心中形象已越來越模糊，他甚至有時好像想不起她的長相，但每每想到她，心中還是抽痛一陣。他把手機從褲襠裡拿出，想起與阿雪的事。那天是他們第一次做愛。事實上也不算做愛。阿雪不讓他進入。他只得摸摸阿雪乳房以及下體，然後射在阿雪肚皮上。阿雪身上有種迷人香氣，阿文一直以為那香氣來自阿雪頭髮，但當天在他伸手入阿雪褲子後，手指頭殘留的味道才讓他明白，原來香味不是來自於阿雪頭髮。阿文不是個壞男孩，不會脅迫女孩做她們不想做的事，可是他依舊是個男孩，套弄或吸吮是不夠的，他渴望深入。他拿起手機，跟阿雪說自己十分想要進入她。他問阿雪是不是不夠愛自己，否則為何不肯給他。阿雪則回應，再給她一些時間準備。

同一晚，阿文父親心情不好，又喝得爛醉如泥。他醉是有理由的。沒有錢的他這天又賭輸了。他看著阿文傻傻講著手機笑的樣子，不知怎地，忽然火冒三丈。他問阿文是否有錢，脅迫他給他一些，他想翻本。但阿文說打工的錢都用在家用，早已花光。阿文這時憤怒不已，埋怨他整天只會喝酒，只會賭博，還把母親的理賠金花得精光。兩人打了起來。

阿文早不如過去般是個小男孩。他是個大男孩，強壯的大男孩。他一拳往父親臉上打去。阿文父親一個踉蹌，倒在地上，阿文轉身就走。阿文父親隨即坐起身子，但他沒有勇氣追過去，僅怒瞪著兒子背影。阿文頭也不回走回家中。當晚下起了雨，阿文父親看到幾隻蟾蜍在大水溝裡跳著。

§

阿雪跟阿文結婚那一天，下著傾盆大雨，那是在他們大四的時候。阿雪原本沒打算那麼早婚的。之所以那麼早，是因阿文父親離世；兩人若在百日內不結，就得再等三年。阿文父親一次酒後，摔倒在那條臭大水溝裡，雖然水很淺，但面朝於下，醉得沒有意識的他，就這麼淹死在那極臭汙水裡；也有一說，他是被蟾蜍給噎死的，因為他們在他嘴裡，發現了一隻蟾蜍，據說被挖出來時，那隻蟾蜍還活著。

兩人婚禮很簡單，僅開了五張桌。地點在新豐康莊餐館，許多賓客像在避雨般，狼狽進來餐廳。不過倒也還好，反正那也不是一間體面餐廳，場地也沒特別布置，十分簡陋，狼狽與否好像也就沒那麼重要了。重點是，他倆也不介意，還年輕的他們，堅信愛勝過一切。尤其是阿雪。深愛阿文的她，就算阿文求婚時，只簡單問她：「我爸死了，我們要等那麼久嗎？」愛死阿文的阿雪真的不想等那麼久，未經思慮，就答應了那聽起來根本不像求婚的問題。

但這確實是個讓大家都印象深刻的婚禮，阿雪實在太美了，可惜欣賞的人不多；阿文無父無母，失怙的阿雪，母親這會兒也缺席。來賓多數是新娘新郎的同學、同事，以及學校老師。阿雪母親未現身的原因，不是因她埋怨阿雪害死丈夫，而是因她舉止異常。她這一陣常常自言自語，咒罵這咒罵那，也有些奇怪舉動，如在吃飽後，埋怨阿雪不給她東西吃，因此大發雷霆，阿雪只好再煮，但煮完後通常她又呼呼大睡，或者把雞蛋或生肉等放進衣櫃，又或者在浴廁分離的浴室裡大小便等。一次阿雪下課回家，發現裸著上身的母親，津津有味地嚼著發臭的生豬肉。那天她特別慈祥，看見阿雪不如過去一樣埋怨她，而是說她很乖，還邀她一起吃。

帶去醫院後，才知她患了早發性老人癡呆。醫生說，像她這麼年輕發病確實罕見，但不是沒有。或許因丈夫過世的關係，她病情進展特別快，她要阿雪做好心理準備。在婚前，阿雪很努力地照顧她兩年，可是母親境況越來越壞，甚至會拿糞便塗牆，或亂點火等。她無力承擔。母親存款因宗教捐款也所剩不多，但至少足夠讓她住安養院一陣子。阿雪無計可施，若整天照顧她，無論課業或拉麵店工作都無法持續，她們會一起滅亡，只好將母親往安養院送。

婚後隔天，他們去北海道自助蜜月，懂日語的阿雪打點了一切。他們去了阿雪父親死去的地方。那時是春天，空氣極好，盛開的櫻花簡直美得令人不敢置信。阿雪在那兒擱了一把鮮花，但在櫻花襯托下，那把花毫不起眼。後續路人見了，都覺得那把花很寂寞。

不久後，他們畢業了。阿雪這時是快樂的，空氣中彷彿看得見幸福的顏色。他們有一間公寓，阿文對她很好，也跟她擔保一同照顧她失智母親。兩人身上大概還有個三百萬元。阿文無就學貸款，但她有；不過以現階段來說，那不是太大金額，無利息，也就不急著還。她覺得日子總算可以重來，覺得未來不是令人害怕的。阿文退伍後開始拉起保險，他很努力、很認真，也全力以赴，因阿雪在這時間也懷孕了，他們即將有新責任。然而阿文的保險工作磕磕絆絆，不甚順利，口拙的他其實不適合拉保險；他之所以嘗試是因母親。他母親生前是保險員，幫全家人保了險，這也是為何他父親能領取巨額理賠金的原因。他覺得保險是好東西，是未來保障，所以想讓其他人也擁有。他心裡確實這麼單純認為。只是現實與理想往往差距很大，很多人連當下都顧不了，更何況未來？放棄保險後，他又到科技廠當作業員。一夜，阿雪肚疼，阿文帶她到醫院準備待產。可是卻發生嬰兒繞頸的不幸事件。孩子是生下來了，卻重度腦麻。他們將她取名為小魚。

阿雪坐月子期間幾乎都以淚洗面，大家跟她說月子期間不能哭，但生下了腦麻寶寶，誰能不哭？有朋友建議他們控告醫生。但心思單純的他們從沒這麼想過。做完月子後，阿雪沒有上班，全心照顧這個腦麻孩子。外表看來正常的小魚永遠只會咿咿耶耶，甚至連排便也不會，她必須負責她的吃與出；阿雪有時覺得自己不知道在養什麼，廢物的定義在小魚身上可看到。可是她好愛她，她可為她犧牲一切。阿文這裡卻來到第三份工作，他覺得作業員碌碌無為，就算每日加班卻連五萬都領不到，他不想這樣。他去補習，考取了證券分析員執照，開始在一間證券公司上班。

§

那天東元醫院來了一位新物理復健師，年紀據悉約四十初，看來卻像三十來歲的小伙子。他十分陽剛、帥氣，個性也開朗，據說天天都在健身房運動，尤其是重訓。當他被問起為何看來如此年輕時，他總開懷大笑，說：「運動就是我保持年輕的祕訣。」

資料上說，他三十五、六歲重回校園，近四十歲才取得復健師執照；他過去是國中老師，後因母親中風而離職。照顧母親多年的他在母親過世後，未重返校園，反而取得復健師執照，用意是回饋社會。他以三年優異成績從物理治療系畢業，同年考取執照。年紀雖比較大，但或許是他照顧母親的經驗，使得他更具同理心及耐心，能設身處地替病人或病人家屬著想。他風評很好，大家都說他是最善良的帥哥物理師，另一原因是他身強體壯，無論病人多魁梧，他都奈何得了。

阿雪看到他時，未能認出他來。他樣貌有了很大改變。雖然身形依然是矮的，但因持續重訓加上賀爾蒙補充，他變得矮矮實實，嘴上還植入非常有型的鬍子。但當阿法老師看見阿雪時，他依然呆住了。阿雪變得更美，美得令阿法老師無法置信。阿法老師愣了一陣後，才跟阿雪解釋，過去替她們服務的那位物理治療師已離職，現在他是她們新物理治療師。當阿雪聽到他聲音，再看到阿法老師身上名牌的名字時，才想起他的身分，或者該說，她的身分。

「你已經跟我道歉了，那段往事我們就都忘了吧。」在第一次復健結束後，他們在醫院底樓一起喝咖啡。阿雪抱著發出咿咿呀呀聲音的腦麻女兒。小魚看著阿法老師，但眼神裡未有任何意義。

「其實我那時還年輕，也許處理得太衝動，老師，我當時對你很殘酷吧？」

阿法老師笑了笑。「我當時也年輕，我逾矩了。」

之後幾週，兩人重拾過去情誼。他們回到明新科技大學打球。阿法老師體能絲毫沒有退步，但他依然陪著阿雪打少女羽球。兩人也回到那間冰店重溫回憶，芒果冰的味道沒有變，芒果依然又甜又多，只是當時老闆娘已不在，現在是她媳婦當家了。兩人跟過去相比，都變得更加成熟，尤其阿雪，語氣裡的稚嫩與天真已然不見。阿法老師在這時刻裡，已不再以女性自居，現在他是個男人。但他沒勇氣變性，他不信任任何侵入性醫療，此外，也認為女變男多數是悲劇，他不想嘗試，所以僅在臉上植鬍。若非自己承認，多數人已看不出破綻。

阿法老師也住在明新科技大學附近，但在另一區，距離阿雪家，開車不到十分鐘。有時在復健結束後，阿雪會帶小魚到阿法老師家玩。那一晚，阿雪不小心被小魚的嘔吐物給弄髒身子，她進浴室沖澡，發現洗髮精瓶空了。阿雪親密地喊了阿法老師，跟他說，「沒洗髮精了呦。」阿法老師納悶，他昨晚才買的呀。他走近浴室，發現阿雪赤裸站在浴室門口等他，一臉笑意。

那晚是兩人重逢後第一次共浴。讓阿雪訝異的是，他女性特徵絲毫沒有減少。那晚也是阿雪第一次體會與女人裸體交纏的滋味，更令她驚喜的是，阿法手指居然讓她獲得比阿文所能給予之更激烈的高潮。

「但很難說喜歡不喜歡，」結束後她對阿法老師說，「但確實我是愉快的呦。」

有小魚的存在，意味著阿雪生命中一定有男人，阿法老師當然知道；但他倆相處時，都心照不宣。對阿法老師而言，他害怕談到這一點，他對阿雪回到自己身邊的這件事，仍是不肯定的；他深怕自己一旦跟阿雪提到她生命中是否有別的男人，她就會立刻消失。他覺得自己現在如同在山頂，不，根本在外太空，而他已抓到他最想要的那一顆星星，不管多麼不可置信，他不能放手。

不知自何時開始，阿文也沾上喝酒習慣。阿雪知道他做證券業壓力很大；自從他轉做證券業後，每天就是愁眉苦臉，所以針對喝酒這件事，她也沒有制止他，甚至偶爾也會陪他喝兩杯。阿文不像他父親，不是個討人厭的酒鬼，他至少酒品好；酒醉後只是變得更加快活，更多話，好像什麼煩惱都沒有一樣，對阿雪而言，甚至有些惹人憐愛。

但那個晚上卻不一樣了，阿文坐在未開燈的廚房裡喝酒，悄無聲息，手上捏著一根點燃的煙。阿雪把燈打開，埋怨他幹嘛坐在沒開燈的廚房，怪嚇人的。阿文沒有回話，只抽起了煙，接著問起阿法老師的事。阿雪一派鎮定地說，阿法老師是很好的朋友，以前在國中時，是她體育老師，如此而已。在阿雪解釋後，阿文站起身子，不發一語地走向浴室。

不久後，浴室傳來嗚咽的聲音。阿雪把浴室門打開，看見在蓮蓬頭下赤裸的阿文，曲著身體哭得十分激動。阿雪見狀，慌了，她不知阿文為何而哭。她十分肯定他絕非因自己跟阿法老師的事而哭，因為當阿文看見她時，嘴裡不停唸著對不起。阿雪感到心好痛，她覺得無論發生什麼事，她都會原諒他的啊，何必道歉呢？她緊緊擁抱他，像擁抱個孩子一樣。這時阿雪覺得自己像在瀑布下方，蓮蓬頭的水不斷拍打她頭頂。她覺得世界只剩下他倆。

§

一切來得很突然。

那個平凡的下午，阿雪與阿法老師在竹北一間義大利麵餐廳用餐，他們的位置是張鮮紅的沙發。已吃得差不多了，桌上只剩裝著一些殘餚的餐盤，和喝剩一半的零卡可樂。

阿雪抱著咿咿呀呀的小魚，若有所思地看著一旁的兒童遊戲場。那兒有幾位小孩正在遊玩，兩個男孩爬上又爬下，很健康，富有活力，另個女孩嘗試做側手翻，可是失敗，摔倒在軟墊上，發出銀鈴笑聲。在阿雪旁邊的阿法老師一如往常，拿著一個小玩具，像個慈父般逗弄著小魚。他如此專注在小魚身上，以致未察覺阿雪心事。這時阿雪忽然落淚，問阿法老師，是否願意陪她們一輩子。阿法嚇了一跳，但很快，他告訴阿雪，自己為了她，做什麼都可以，就連死也不足惜。阿雪這時向阿法老師和盤托出。她決定離開她的丈夫阿文，與阿法老師在一起。兩人相擁而泣。

阿法對於這一天的事態發展其實毫無頭緒，但這是極其美好的；他不想多問，深怕破壞這美好。在這時刻的他，就像那些在遊玩的孩子一樣，有著美好的未來、幸福的願景。

§

阿法老師雖自認是個男人，但絲毫沒有男人架子。他不但很愛乾淨，每日定時打掃，讓家裡總一塵不染不說，還有點淡淡花香；洗衣也不馬虎，一些內衣等，都懂得搭以專門的潔淨乳，並用手洗；更不用說一些修繕工作，他做得可是比一般男人還好。此外，還燒得一手好菜。這都是阿雪在搬入阿法老師家後，才逐漸理解的。但這些對阿雪而言都不重要，最令阿雪感動的是，他對小魚的好。有次小魚感冒，無法呼吸，整張臉都漲紅了；慌張失措的阿雪，在一旁嚎啕大哭。在緊急情況下，阿法老師居然用嘴把小魚鼻腔的阻塞物給吸出來，拯救了她的命；更別提他數次用手指替小魚通便了。阿文儘管也是個好人，但阿雪看得出差別。阿文婚後，從不做家務，就連碗也不洗，甚至連馬桶蓋都很常漏掀，十分大男人的樣子。但阿雪不太在意，她是個居家女孩，是喜歡做那些的。真正讓她介意的是，阿文對小魚的態度。幾次小魚發生緊急狀況，阿文總不太積極，甚至勸她放下，還有一次小魚因噎著，幾乎無法呼吸，他居然問阿雪：「是不是慢點送醫比較好？」阿雪無法理解，小魚是她的心肝寶貝，是她身體的一部分，她要如何放下？幾個月後，傳來同性婚姻開放的消息。在阿雪催促下，他們登記結婚，阿雪成了阿法老師真正的妻子。

婚後，阿法老師覺得日子太美麗，自己好幸福；但他實際上犧牲得非常多。他跟朋友們幾乎停止來往，成為一個百分百家庭煮夫，包括他最愛的登山活動，也停止了。

很多朋友抱怨他都找不到人，但他說：「不好意思，人都是自私的，當你真正找到幸福時，你也會自私得拋開一切，全心呵護它。」

此外，他也花了很多錢，尤其是為小魚買了很多輔助器材，和做了一些無障礙空間的改造，那些花費可都是幾十萬起跳的。但他從不抱怨或計較，甚至很開心在生活裡，總算有個值得他犧牲的對象。只是阿雪覺得有點愧疚。在婚後半年，她決定放阿法老師幾天假，並陪他去登山，地點與食宿都由她祕密安排。她要阿法老師在那幾天當個大爺就好。

啟程的那天早上，阿文很早就來接孩子了。阿法老師請阿文抽煙，聊表謝意。阿文接過煙，但未答話，只冷漠點個頭，抽起煙來。就像她們結婚前夕，阿法老師特別跟阿文道歉，說自己搶了他的太太、孩子，很不應該，之後還向阿文擔保自己一定會好好照顧她們。阿法老師說那些話時十分誠懇，眼眶甚至泛淚；他覺得自己表現很真摯、感人，但阿文那天也是這般沉默回應，讓他有點失落，還有種奇怪的尷尬感，好像他與阿文在演一齣戲，對方不但不回應，還在冷漠看戲。其實阿法老師對阿文的印象很好，他是欣賞他的，他覺得阿文高大英俊，富有男人味，又很有魅力，此外，在他與阿雪離婚之際，冷靜簽下離婚協議書，未出一句惡言，他覺得這種度量難能可貴，若換個立場，他覺得自己做不到。他甚至認為，阿文就是那種自己最想成為的男人樣子。若非自己搶了他老婆、孩子，他想，他應可跟他成為推心置腹的好兄弟。

接著阿法老師跟阿文解釋阿雪昨晚的一些交代，包括吃飯、吃藥啊等一些細節。阿文依然未特別回應，但阿法老師知道他是仔細聆聽著的，他知道阿文是個負責任的人。阿雪則依然刻意規避與阿文的互動。

在把小魚安頓上阿文的車後，阿雪跟小魚道別。她依然咿咿呀呀，臉上也有笑容，但阿雪依然知道那笑容毫無意義。他們看著阿文將車駛離。

阿雪看了一下湛藍明亮的天空，那個早上天氣好極了，是個適合登山的好日子。

手抱胸、若有所思的阿雪與抽著煙的阿法老師走回公寓，步入電梯，接著入屋準備登山行李。他們的目的是司馬庫斯，他們想看巨木群。這對阿法老師來說，是輕而易舉的行程。有點太輕易了，他覺得；不過他一點也不在意，只要是阿雪安排的，他都喜歡。阿法特地帶上了十多年前與阿雪共買的那雙紅色鞋子，依然亮晶晶的，維持得很好，只可惜阿雪的早已不能穿，也早已丟失了。兩人驅車前往新竹山區，途中買了咖啡，阿法老師的提神黑咖啡，與阿雪的熱拿鐵。車子爬上高坡，有些吃力。滿山的油桐花，美得像仙境。阿雪在那兒訂了一間民宿，抵達時已向晚，該民宿主人出來迎客。一進屋內，阿法老師看見一整桌自己最愛的客家佳餚，薑絲炒大腸、客家小炒、醃豬肉等，覺得阿雪做足功課，很是感動，還忍不住落淚，但男性化的他，很快收拾起情緒。

吃飯時，阿雪跟阿法老師說了很多感性的話，多半是感謝他的慷慨。阿法老師在婚前給了阿雪兩百萬元，用以支付阿雪母親的安養院費用，接著又無微不至地照顧她跟小魚。阿雪撫摸著阿法老師的手臂說，自己能與他重逢，真是幸運。喝了點小酒的阿法老師搖搖頭，說幸運的是自己。他過去談了幾段愛情，都無疾而終，簡直要放棄愛情，直到與她重逢，才重新相信愛情。他坦承自己從未忘懷阿雪，能再碰到她，真是自己一輩子發生過的最好的事。他雖對小魚很遺憾，但那或許是人生的功課，對他而言，是最甜蜜的負擔，而他很樂意用一輩子與她共同承擔。那一夜，阿雪在床上對阿法老師特別熱情，彷彿在彌補什麼一樣。阿法老師雖比較喜歡是進攻的那一方，但依然覺得自己那晚有了前所未有的激烈高潮。

隔天一大早，他們跟在準備曬柿乾的民宿主人道別，往步道前行。神清氣爽的阿法老師穿著那雙紅鞋，刻意興奮輕盈跳躍，簡直像個孩子，阿雪則拿著登山杖，一臉笑容看著阿法老師。兩人慢慢走上登山步道。因實在很早，天還是暗的，那兒也不是熱門步道，所以未有其他人。四周黑漫漫的，其實有些可怕。但阿法老師很喜歡這樣的感覺，好像全世界只有他倆，他能貪婪地獨霸阿雪。但事實上，早起也是阿雪安排，她說自己想要獨屬他倆的時間。帶著油桐花香的涼風向他們吹來，是有些冷的，但因步道很陡，不消一會兒，兩人依然爬得渾身是汗。阿法老師看著阿雪臉上汗水，輕輕替她擦拭。

到達一個山崖處時，他對阿雪說：「流了汗的妳，身上依然跟過去一樣香呦。」

阿雪這時表示想替阿法老師拍照。阿雪請阿法老師站在山崖邊，也不忘提醒他風大務必小心。先是正面照，一二三，阿法老師開心比了耶。

阿雪說：「也拍一張背面照吧。」

阿法老師不疑有它，轉過身去。他往下看，先是看到自己腳下的那雙紅鞋，他覺得自己好像在鞋上看見自己臉的倒影，接著又看到山崖下的風景。雖美，但也令人恐懼，忍不住深吸了一口氣。阿法老師等了許久，都沒有聽到一二三。正當他疑惑時，忽然感到背部一陣巨大力量向他推去，讓他重心往前傾。

§

幾個月後，一位身穿紅色套裝、手拿一疊文件的高瘦中年女人來到阿雪家前，準備跟阿雪討論針對阿法老師保險理賠的事。她有點緊張，不斷用側手梳理額頭瀏海，她任務是儘量減低理賠金額，可是沒多大勝算。阿法老師一向喜愛登山，他高額保險是在一年前就投妥的，而他的死也沒有任何可疑之處，一切非常地理所當然。她深吸一口氣，按下門鈴。阿雪這時早已在家裡等待，桌上擺著切好的水果與點心。今天是重要的日子，她把小魚交給保母，以免自己分心。這時她自信地撫著臉上剛點掉痣的地方，一副整裝待發的樣子。

阿文則在家裡另一個暗房裡，豎耳傾聽，期望理賠的數字能夠高於他期貨投資的損失。

醋男

球場剛下過雨，還濕濕滑滑的，空氣因被雨水濾過，變得純淨，吸進身體裡，恍若能透進體內更深一層一般。現在整個球場，只有兩個男孩在打球。兩人都赤裸著上半身，身材精壯得宛若古希臘雕像。這時，其中一個男孩投了一記三分球，完美拋物線漂亮入籃，結束了這場比賽。

他們都滿身汗，但未顯疲態，顯見兩人體能都很好。他們都熱愛籃球，原本是籃球校隊的，後因課業繁重，毅然退出。很有籃球夢的校隊教練失望不已，他倆都算校隊中比較強的，但他們說自己將以課業為重，無法負擔這麼長時間的訓練，教練也找不到理由反駁，畢竟像他們這種一般大學的校隊，也只是玩票性質。但熱愛籃球的兩人，還是很常自己打球，每次鬥牛的輸贏，大概是一半一半。

其中膚色黝黑、身材高大的是龍哥，另一個稍微矮一些、比較白的是小莫，他們是彼此最好的朋友。

龍哥雖叫龍哥，但他其實比小莫小，因身高一八六，同學們習慣稱呼他龍哥。小莫以前跟家人移居美國，回台時因中文不佳，重補中文一年，才考上這間大學。龍哥則是應屆考上。他們讀的是全台頂尖大學的法律系，好幾個同學當初入學考時是滿級分，班上同學的父母多數也是金字塔頂端再頂端的社會菁英。像小莫的父母都是醫生，一個是泌尿科醫生，另一個是有名的皮膚科醫生。他們原本希望他讀醫學系，他數理極優，基本上是有本事的，但他不喜歡血，是生理上的不喜歡，不是他選擇的。

以前他住美國德州奧斯汀，該州是對槍枝管制最鬆的州之一。一回，他跟著父母去戴維斯山露營。他們開著一台白色的CLASS A RV，裡面載有三個家庭，其中一個混血家庭，其實是小莫父親妹妹一家人。她嫁給了一個黑人。兩個孩子完全沒有母親的影子。抵達營區時是午後，理應很熱，但因附近都是拔地而起的參天大樹，層層疊疊的樹葉遮蔽了日光，讓氣溫不高，涼爽舒心。大家把帳篷立好，又在附近逛了一會兒後，已近四點。女人開始在營區準備晚餐，男人則跟著一個有打獵執照的友人去打獵。他一槍神準地打死了一頭正在一顆黑皮巨樹旁吃草的母鹿。小莫深感好奇，跟著大家跑過去看。現已不記得自己是怎麼暈過去的。只記得看到母鹿腹部傷口跟嘴裡汩汩流出的鮮血時，他的後腦在發熱，接著眼前一道閃耀白光，便不省人事。在那時，在他身後的父親便知，僅有一個兒子的自己，在行醫路上，將後繼無人。

龍哥背景也不惶多讓，他父親是國內某聲譽卓著企業的研發副總，也是〇〇理工博士，專精電池材料的研發。母親則是一個舞蹈家，也是〇〇藝術大學舞蹈系教授。身材窈窕，非常美麗，常上電視教舞，也算通告藝人。龍哥父親非常期望孩子能讀理工科，他很有理工人的傲慢，認為除理工外，其他人文學科都是廢知識；但龍哥對理工的悟性較差，他父親因此很失望。不過龍哥不讀理工的真實原因是，他不喜歡，覺得理工冷硬、欠缺溫度。龍哥很愛金庸，也曾幻想當武俠小說家，不過他毫無創作能力。他能讀能背也能分析，說起金庸比誰都懂；高中時，他還可把歷史課本一字不漏地整本背下來。但他無法無中生有。他覺得創作很難，像撒一連串的謊。

他們父母是舊識，但僅是泛泛之交。以前小莫家還沒移民時，他們是鄰居。他們父母是在一個古董藝術品的拍賣會上認識彼此的。兩對夫妻都對明朝的一個青花瓷碗很有興趣，後來是被小莫父親給標走，得標金額是八百五十萬。他們在大學入學後，才知道彼此過去是鄰居。

然而龍哥外貌改變很大，讓小莫認不出。龍哥以前很瘦小，皮膚暗黃，牙有點爆，眼睛也很小，像隻猴子，但現在的他牙已矯正，膚色是好看的深褐色，且高大俊朗，原本細小眼睛也成了深邃雙眼，簡直男大十八變。小莫則未有改變，一直以來都非常俊俏，膚色又白，尤其一雙電眼，笑起來極迷人，且那迷人是內斂的，不會讓人覺得威脅，因此他很有人緣。小莫一家子都是非常虔誠的基督徒，過去在美國時，每週都上教堂，當時他們教會有很多南方來的墨西哥人，他們特別喜歡皮膚白皙的小莫，都喊他「Asian Pretty Boy」。

小莫僅隱約記得有這麼一個鄰居舊識。剛開始也是龍哥先跟他打招呼的，那是在新生見面會上。擁有超強記憶力的龍哥，一眼就認出小莫。龍哥坐在小莫旁邊，學長姐在講台上說了很多校系的事，他們則遁回兒時，私下聊起小時候的事。他們那時住信義區，一個美輪美奐的鑽石級大廈的社區，每戶估價是以億為單位。他們鄰居幾乎都是名人，如電視主持人、歌手、政治人物，或商界大老闆等。大廈一樓有芬芳馥郁的漂亮花園，裡面群花盛開，當然是有人特殊照料的，每週還有不同主題；也有健身房，裡面有專業教練，機台都是最新穎的，也有定期更換的乾淨毛巾；冰箱裡有瓶裝水，一般的跟氣泡水都有，也有運動飲料，都是國外品牌；當然還有溫水游泳池，救生員兩位，也有按摩 Spa，甚至連桑拿都有。小莫記得曾在游泳池看過成龍兒子。住在裡面宛如住在五星級飯店。他跟龍哥以前很常在游泳池碰到彼此，龍哥游得很快，像條魚。小莫也記得他們在淋浴室玩耍的事。

他們大學第一年時恰好也是室友，但只住了一學期，兩人便搬出去了。因小莫的醫生父母在校區附近買了一層高級公寓。主要是為投資，該區據分析師說，未來漲幅起碼兩倍，也剛好靠近小莫學校。其實小莫父母正是為他而買的，但他們特意不說，以防他恃寵而驕。因房子很大，五十坪，小莫一個人住覺得寂寞，在父母同意之下，小莫於是邀龍哥一起住。

小莫跟龍哥在系上是風雲人物，尤其俊俏的小莫，是系上當紅炸子雞。他臉書的追蹤者超過千人，系上所有活動的代言人或海報模特兒都是他。龍哥雖也紅，但他較不上相，主要是又高又黑，不笑時十分嚴肅，讓人覺得有距離。雖在系上很受歡迎，他們卻沒入系學會，主因是他們讀書很拚，兩人成績幾乎都落在系上前五名。他們都很有理想，希望未來畢業第一年考上司法官，但在錄取率低於百分之一的司法官考試裡，出線談何容易，於是他們講好，大學不交女朋友，除運動和一些必要的系上活動，及小莫的基督教聚會外，就是念書。不交女友對龍哥而言，當然是玩笑話，但小莫極認真看待。

那天他們打完球，回途中，吃了晚飯。他們很喜歡學校外的一家牛肉麵店。那間店環境雜沓不潔，尤其餐桌上總有擦不淨的油垢印子，空氣中也總有一股牛腥臭，但來客絡繹不絕。他們通常一人一碗大碗牛肉麵，再點一些餃子、小菜。小莫食量小，大碗牛肉麵通常吃不完，但龍哥很能吃，剩下的餃子、小菜全被龍哥掃光。小莫總被他巨大食量嚇得瞠目結舌。一抵家，龍哥先去洗澡，但洗到一半，小莫也進浴室。小莫拿了葡萄紫色的澡球幫坐著的龍哥擦背，浴室裡都是沐浴乳的白麝香。龍哥一直笑，說「這樣很奇怪」。但小莫說「一點也不奇怪啊，日本人都是這樣的」。這也不是第一次。有時龍哥覺得他好像不是用澡球替自己擦背，但他也沒說什麼，覺得小莫只是愛玩。

§

那天，小莫的教會舉辦了一場為植物人募款的義賣會。天氣晴朗明亮，教堂前整排金黃色台灣欒樹被綁上色彩繽紛的彩帶跟星形氣球，加上精心設計的攤位，很有氣氛。小莫這天來到教會參加聚會，這是虔誠的他每週必參加的聚會。偶爾龍哥也會跟他一起來，但這週龍哥回家替母親慶生了。其實就算沒替母親慶生，龍哥也不愛來，他就是無法相信基督教。聚會完後，手上拿著聖經的小莫便閒逛著各個攤位的商品。但大部分是女孩會有興趣的商品，如玩偶、飾品，和一些包包等。這時忽然有人喊他。他轉身，發現喊他的人，居然是立莉。他一看到她，過去時光恍若交錯的蒙太奇影像一般，在他腦間快速播放一遍。

立莉是他以前在美國時的同學。他們住的地方華人很少，甚連亞洲人都不常見，學校除了那對父母是做美髮的越南兄妹外，她是他唯一的黃皮膚同學了。後來他返台，兩人同學緣就此結束。他很意外能碰到她，感慨世界居然那麼小。兩人敘舊。小莫問了一些問題，才知她大概也兩、三年前從美國回來。小莫問她怎麼會在這裡，他印象她不是基督徒。立莉說，現在也不是基督徒，她只是在該植物人基金會做義工。「其實是為了學分。」她坦然地說。兩人又聊了一下近況，立莉在〇〇大學讀英文系，她說自己喜歡文學；小莫說自己在〇〇大學讀法律系，她覺得他很了不起。

兩人互留了電話跟 Line，立莉並要小莫買點東西，以神之名做愛心，也支持植物人。小莫說：「做善事啊？那當然好，主也會很高興吧。」小莫看了一眼她賣的東西，猶豫不決。啊，有一對愛心對錶，好像不錯，也是那攤位中最貴的商品。

「居然要買對錶？那是愛情對錶耶……」

「愛情對錶？」

「對啊。你看兩隻錶上各有半顆愛心啊。你死會了喔？要給誰？他是誰？有機會見面嗎？」

小莫笑著說，「不是妳想的那樣啦。」立莉也笑。牙齒潔白的她，笑容很好看。

那雙對錶五千八。小莫付了錢。立莉即刻把對錶包得非常精美。她把對錶給他時說，自己雖從美國回來一陣子了，但朋友不多，未來常見面如何。小莫說當然好。那晚小莫真收到立莉的 Line，當時小莫正跟龍哥一起讀書。立莉說最近一部韓國電影很好看，叫什麼 parasite 的。「《寄生上流》？」對對對。他們約定了看電影的時間。

次日，小莫沒課，龍哥一大早就去上一堂選修課。小莫看了時間，換了衣服，到了跟立莉的約定地點。立莉看到小莫依然很高興，勾起小莫的手，小莫也沒反對。兩人捧著一大盆爆米花與可樂進電影院，看完《寄生上流》後，又去 FRIDAY 吃飯。討論了一下電影。小莫說，確實是一部好片，拍出一種新的感覺。立莉也說好看，但她覺得電影稍微誇飾了現代的「窮」的樣子。但小莫覺得還好。立莉又說，自己不太懂為何電影中的窮人父親要殺了那個富人社長。「他明明對他很好啊。」

小莫也說，「對啊，真奇怪。」隨即又說，「但我覺得他不是在意識下殺人的，是被內心的一種不平沖昏了頭。」

「怎麼說？」

小莫又說，「大概有點像抑制很久的壓力，在看到女兒被殺的瞬間爆開，就覺得『憑什麼你總能過得那麼好』的那種感覺吧？『我不甘願！』之類的，所以才殺了他。懂……我的意思嗎？」立莉想了一下，又搖搖頭，喝了口可樂。

一整桌都炸的，吃得小莫很膩，立莉也是。《寄生上流》彷彿談不下去了，兩人轉而聊起以前在美國的日子。奧斯汀是很美的地方，雖未如達拉斯或休士頓那般繁榮，但兩人更愛奧斯汀，他們都覺得，那是一個有生活情趣的人，才懂得欣賞的地方。小莫又提到過去露營的事。那一次立莉也有去，當小莫暈倒時，立莉就在他身後。事實上，打死母鹿的人正是立莉爸爸。她父親還是獸醫呢。身為一個獸醫，興趣居然是打獵，讓很多人納罕，也招致批評。立莉倒不以為忤，職業跟興趣本就不相關。

小莫也很久沒見立莉父親了，問她父親最近如何。沒想到立莉忽然說，「我爸已走了……」小莫嚇了一跳，腦裡出現立莉父親的樣子，但那樣子很模糊，因為他具體長怎樣，他也想不起來。小莫並未安慰她，但立莉自己卻說，「I'm fine，父親已走了很多年。」然而立莉嘴裡說沒事，卻也忽然落淚。小莫一向對落淚女人沒轍，只好先假裝看向窗外。過了幾秒，他偷瞟她一眼，她還在哭。他又看得更遠。

他們大概六、七點各自回家。小莫抵家時龍哥不在。他打電話給他，聽見他的手機鈴聲，原來他在房裡睡覺。他去了他房間，躺上他的床，把他的手拿來當枕頭，並看著他熟睡的臉。龍哥這時醒了，看著他說「我餓了」。小莫覺得剛睡醒的他，聲音很好聽。「那去吃晚餐吧。」龍哥起身時，小莫注意到他內褲被撐得很高。小莫其實已跟立莉吃過晚餐了。但他沒說什麼，只是陪著他吃，他喜歡看龍哥吃飯。他們吃的是路邊攤，那晚是滿月，但被一層如柳絮一般的薄雲籠罩著，月光是朦朧的鵝黃色。

立莉跟小莫越走越近。他們之間的友誼是一種存在非常多年的老友關係，相處起來泰若自然，像親人一般。一天，立莉說想來小莫家玩。小莫說當然好，「但家裡還有個人，叫龍哥，是我的同學也是室友。他是一個極好的人，妳一定會喜歡他。」

立莉來的時候，小莫向他們介紹彼此。立莉作風還是很美國，主動跟龍哥擁抱。龍哥有點意外，但立莉的動作自然，龍哥覺得舒服，也聞到她頭髮香味跟感受到她雙乳碰到自己胸部的感覺。此外，他第一眼就很喜歡立莉，覺得她漂亮又性感，口音也很可愛。立莉帶了一些生鮮食材來，想煮一些家鄉菜，對立莉跟小莫來說，家鄉菜是德州菜。但也算不上特別，就是拌一些沙拉啦，煎一些牛肉排啦，唯一比較特別的，是炸過的醃製小黃瓜，味道有點難以理解，不過不難吃。龍哥吃得很高興，立莉也很有成就感。她發現龍哥偶爾會偷看自己的胸部，但不覺得討厭。在那天開始，他們三人成了很好的朋友。

立莉之後很常造訪小莫家。她尤其喜歡小莫家的廚房，是她所熟悉的美式風格，又很寬敞，她經常用手機放著 Ed Sheeran 的歌，一面聽歌，一面做菜。她把龍哥跟小莫當成實驗品，偶爾做中餐，也做水餃、餛飩啦，甚至粽子都試過，之後又試做義大利料理、西班牙燴飯、俄國紅菜湯，甚至連壽司、生魚片也做過。立莉是那種喜歡做菜，自己卻不愛吃的人。雖非極品美味，但至少食材乾淨、新鮮，大家也吃得高興。偶爾他們也喝點小酒，微醺之下談天說地，不時傳來笑聲。他們談文學，談電影，談運動，偶爾也談法律，尤其是一些著名的刑事案件。在美國長大的立莉，在台灣讀英文系，輕鬆得像作弊。有時他們讀書，她就拿著一本英文小說窩在沙發裡，陪著他們讀。她拿的那本書好像是喬伊斯的《尤里西斯》，而且從沒換過。讀著覺得無聊時，她就安靜地陪著他們，或打個小盹兒。立莉後來真的很喜歡他們，很珍惜與他們的友情。

§

不知自何時開始，小莫發現龍哥常不在家，也沒跟他說上哪兒去，必修課他也沒等他，小莫也是到教室才發現他已在教室。不知為何，他內心很難受，尤其一個人吃飯或讀書時，他忽覺世界變得異常巨大，大得讓他不知何去何從，寂寞恍若就要吞噬他。但他不想追他追太緊，「他都不在意我了，我又何必？」但他真的很在意這個朋友。他認為，若是朋友的話，就應跟自己說清楚他去哪兒吧？更何況他們還是室友啊。室友就該跟室友交代清楚行蹤，不然自己擔心也是正常的，對吧？他難道不把我當朋友嗎？他不在意我嗎？小莫坐在房裡看書，但這會兒心情很亂，連書都看不下去了。他看著桌上的耶穌像，忽跪了下來。他向耶穌祈禱著，「親愛的天上的父啊，請讓我紛亂的心恢復寧靜吧！」接著又從抽屜裡拿出祈禱文，對著耶穌像默念著。不知過多久，他忽然聽見開門聲。他看了一眼時鐘，是晚上十一點半。他從房裡走了出去，當然是龍哥回來了。龍哥看到他，喊了他一聲。小莫卻不回應，又回到房裡，把燈關了，睡了。

這一陣他們相處的時間少了，但具體發生什麼事，龍哥也不懂，只覺小莫變得古怪、陰晴不定。立莉也因面臨文學類必修的考試，比較少過來。一些未一起修的選修課和通識課一如往常，他們各自去上課，但一些必修課，他們還是一起去學校。只是小莫變得沉默，對他不理不睬。空閒時，他邀小莫去打球，他也說最近很累，不打了。但他卻發現小莫有時自己去球場投球。龍哥有一回問小莫是不是病了。小莫卻用很不屑的口氣回，「你才病了。」龍哥當時有點惱火。

那天小莫接到龍哥電話，說自己出了意外，人在醫院。正在通識課堂上跟小組討論的小莫很緊張，儘管龍哥說自己不嚴重，他還是流了淚。他跟教授說家人出了車禍。教授趕緊讓他回去，也一直叮嚀，「不要太緊張，去醫院時務必小心，莫慌。」當他抵醫院時，龍哥躺在病床上，右小腿骨折，已上了石膏。小莫看到龍哥的模樣，心很痛，淚水又奪眶而出，但沒讓龍哥發現。他問龍哥怎麼一回事。他說自己笨，在路上滑倒。

小莫很訝異，「只是滑倒就骨折？」

「沒有啦。」這時小莫身後傳來熟悉的聲音。他轉頭，是立莉。她繼續說，「還被摩托車撞了。」小莫看到立莉時，非常意外，她看來已在醫院很久了。龍哥這時補充說，「我們剛去吃飯。誰知出餐廳時，我居然滑倒，正好被摩托車撞上。對方是個阿姨，撞到我之後，也摔倒，還好她沒什麼事，不然應是我要負責，是我摔到路上。」小莫這時訝異不已，不是因龍哥講的事，而是他倆居然一起吃飯？他們是怎麼回事？他覺得自己背後被插進一把刀。

之後幾天，立莉幾乎都來到他們住處照顧龍哥。在他們家裡煮飯，端到房裡餵龍哥吃，還幫他準備水果、小零嘴什麼的，又陪他打牌，簡直就像他女朋友。唯一不行的，就是如廁跟洗澡，她會請小莫過來幫忙。小莫一直想問他們之間的關係，但他不敢問。反倒立莉一直好像在解釋一般，說龍哥跟小莫都是她的好朋友，像兩個哥哥，她來照顧他也是應該的。立莉沒在這裡過夜。

那晚，立莉回家後，小莫進龍哥房間，發現他在跟立莉視訊，兩人有說有笑。他坐在龍哥旁，一臉嚴肅，並壓下他的筆電。龍哥嚇了一跳，轉頭看著小莫。小莫問，「你在追立莉嗎？」龍哥這時看著他，笑而不答，像默認。小莫忽然發脾氣，「你難道不知我喜歡立莉很久了嗎？兄弟怎可那麼過分？你怎可搶我喜歡的人？」

§

那晚之後，龍哥與小莫之間變得非常尷尬，兩人漸行漸遠，幾乎像同在屋簷下的陌生人。尚不知情的立莉剛結束大考，又經常過來玩，用手機隨意放著音樂煮菜，有時換到比較類似舞曲的歌時，還在廚房跳起舞。她在裡面大聲說，「噯，我們偶爾也該去夜店瘋一下。」龍哥很喜歡搖擺身子的立莉，讓他產生了慾望。他與她如往常一般聊得盡興。但小莫對她也變得冷淡，常常立莉做好了菜，或抱著一桶爆米花坐在沙發上，邀他們一起看 Netflix 時，小莫總有藉口不參加。立莉不解，問小莫怎麼了，他只說沒事。

龍哥並未跟立莉說小莫因他追她而不高興的事，畢竟他也還沒釐清。小莫真也愛立莉嗎？龍哥不懂。他一直以為立莉跟小莫之間只是單純朋友，畢竟他們之間的互動太像朋友了。不，不只像朋友，儼然是兄妹。

幾個禮拜後的一天，小莫不在家，房子裡只剩他們這對房客與訪客。龍哥品嘗著立莉剛煮好的咖啡，並跟她說起這件事。立莉非常意外，問龍哥，「你確定他說喜歡我？」龍哥點頭。但立莉一臉疑惑，並重複問他，「你真的確定他說喜歡我？」龍哥又點頭，「他親口跟我說的。」但立莉臉上的疑惑並未減低，僅慢慢轉為凝思表情。那咖啡是水滴咖啡，龍哥覺得有酒味，他忽然感到有點醉。

那晚立莉抵家門口時，赫然在自家一樓前遇到小莫。他一臉失魂落魄，鬍子都長了出來，看來的確很像受了情傷。但她不懂。

「小莫！」她喊他。但小莫沒有回應。立莉看著他。

半晌，他走到她面前，說：「妳為何選擇龍哥而不選擇我？難道妳真的不知道我也喜歡妳嗎？」立莉非常意外，啞口無言。

「我們認識那麼久了……妳才剛認識龍哥，為何就這樣愛上他？妳是愛他的，對吧？跟我說老實話，妳愛的是龍哥對吧？」

立莉這時的表情很難定義。她看著小莫，輕摸他的臉，說：「你……真的喜歡我？」小莫此刻卻別過臉去，什麼也沒說。立莉這時再一次問，「小莫，你……真的喜歡我？」

立莉入家門後，坐在客廳裡，燈也沒開。但路燈就在她家前面，就算不開燈，客廳也非全黑，而是灰撲撲的，就如她的心情一樣。立莉想起以前在美國的日子，其實小莫是立莉這輩子第一個喜歡的人。她在八年級就已對他產生了情愫，小莫長得實在太好看了。不過當時他們都還小，不懂何謂愛。她記得那次在九年級三天兩夜的旅行，學校安排他們參訪休士頓的重要景點，如太空中心、水族館、自然科學博物館，以及動物園等。當他們在太空中心五樓的控制中心，也就是電影《阿波羅13號》的拍攝場地時，立莉曾對小莫模仿電影台詞，「休士頓，我們有麻煩了。」阿莫當時笑著說，「妳在幹嘛？」立莉也笑著說，「你要說，妳的麻煩是什麼啦？」小莫依然笑著，說，「好啦，妳的麻煩是什麼？」立莉這時說，「萬一，我喜歡你怎麼辦？」立莉那時其實是假開玩笑真告白。但小莫聞言，只哈哈笑，說，「妳神經病啊。」

向心儀的人告白，卻被對方說是神經病，那是立莉第一次感受心痛。但她只回了他一句，「開玩笑也不行嘛。」之後小莫又哈哈大笑，立莉也跟著笑，但她的笑中帶淚。當時他們還小，立莉也就一直把那份情感藏在心裡。之後小莫很突然地隨著家人返台。他回去時，立莉哭得好傷心。但日子一久，那份感情在心裡逐漸分解，最後慢慢被身體吸收，成為她的一部分。想起來再也不痛了，覺得只是一段很可愛的回憶而已。

立莉後來家裡變化很大，父親過世，母親改嫁白人牙醫後，又生了兩個孩子。經濟情況很好的她的繼父，深愛她的母親，愛屋及烏下，也對她非常好。但她可以感覺到，那個愛是很刻意的，她一直覺得在那個家裡，自己是個局外人。最後，她決定回台，與爺爺奶奶同住。事實上，在她母親改嫁後，爺爺奶奶就要她回台。只是她很愛美國，對她而言，美國才是她的家鄉；台灣只是一個偶爾回去玩的異鄉。但父親走了，母親另有一個家，她忽然覺得寂寞不已，最後選擇回台。沒想到她居然遇到了小莫。這一次與他再謀面，她開心不已，當然她對他已無如過去般的感情。她開心是因，總算在異地碰到一個故鄉人。

是，她以前愛過他，但那是一種幼稚、不成熟的愛，而且當時的他對她的表白嗤之以鼻，現卻忽說他愛她很久了，她有如深墜五里霧。

§

龍哥已搬出去了。他受不了小莫。他變成一個很奇怪的人，甚至在臉書上寫了很多莫名其妙的話。系上都知道他倆是哥們，也很多人追蹤他們臉書，小莫卻在臉書上，意有所指地講龍哥搶了他喜歡的人，讓系上議論紛紛。龍哥不曾向外講過兩人的事，只覺得一頭霧水，小莫怎就突然也喜歡立莉了。他從來不想傷害小莫，但若小莫也喜歡立莉，感情的事他覺得也沒人能控制。

立莉這方面也困擾不已。是龍哥先向她表述心跡的，他們在他發生骨折意外前，就相互看順眼，也約過幾次會。立莉覺得龍哥是一個成熟且很有想法的男人，而且身材高大，讓她覺得很有安全感。其實她一度對他動了心，也幾乎要接受他。但小莫卻忽對她表白，讓她很為難，最後她誰都沒有接受。

但時間久了，龍哥依然對立莉深情，每天噓寒問暖，她的心也漸漸軟化，打算接受龍哥。另一面，她也很關心小莫，但小莫卻在她生活裡消失了。她甚覺他可能封鎖她，因為她給他的 Line 訊息，他都不讀。她很擔心，但感到無所適從，於是問龍哥他在學校如何。龍哥說自己最近也很少跟他接觸，但他看來很好，依然熱衷於系上活動，還去拍了系上「傳情傳愛」的宣傳片。

於是，他們又開始約會了。立莉也越來越欣賞龍哥，他真的對她非常呵護，也覺得龍哥比實際年齡還要成熟。畢竟是讀法律的，她覺得他的想法都很精準，又頗具批判力。她很享受跟他聊天，總覺可在他身上學到東西。一晚，他們在外面吃完飯，龍哥陪著她回去她的住處。她家前的那盞路燈下，聚集了很多不肯離去的飛蟲，熱烈地愛著那顆發亮的燈泡，兩人也趁勢熱吻了起來。

就在那時，他們看見小莫，他彷若正窺探著他們。他們也大吃一驚。小莫的頭髮很長，臉上鬍子叢生，落魄十分。立莉喊了他，但他沒應。龍哥也問他為什麼在這裡，他也沒說話。他在這兒好像只是為確定他們已在一起的樣子，接著就返身離開。他們看著他離去的背影。

「你不是說他還好嗎？」立莉問龍哥。

「前一陣子是不錯，但我也有一陣子沒看到他了。」

「他看起來很不好，你覺得我們是不是該關心他？」

「若他是心病，我們能幫什麼呢？而且他的病好像是針對我們的，我們是最不適合幫他的人吧。」

立莉聞言，覺得龍哥所言有理，但依然擔心不已。

§

那夜，小莫忽打電話給龍哥，說他有事得跟他談。龍哥已很久沒接到他電話了。小莫近日行徑越來越詭異，之前多次打過電話給立莉，在電話裡痛哭失聲，說自己不能沒有她。立莉在徵求龍哥同意後，過去看他，但他又不跟立莉說話。此外，立莉說他家裡變得髒亂不堪，彷彿很久沒整理一樣，而且他把一座耶穌像放在客廳桌上，旁邊點了很多蠟燭，而那些蠟燭已融得滿桌。立莉想幫他整理，他又吼「不要動我的東西！」立莉跟龍哥說，她不知小莫在想什麼，很擔心他，說他有可能做傻事。因此龍哥接到他的電話時，本不打算理他的，但想起立莉的話，最後依然同意去他公寓與他見面。最主要還是出自於關心，畢竟他依然非常喜歡小莫這朋友。

他來到小莫住處，發現他住處已不如立莉所言髒亂。小莫大概已打掃過。這晚，他顯得很高興，頭髮也剪了，鬍子也剃了，整個人非常帥氣、陽光。他桌上放了一些酒跟幾盤下酒菜。小莫用稀鬆平常的口吻邀龍哥喝酒。龍哥這會兒的確有點高興，覺得小莫可能恢復正常了，又想到以前跟他一起住、一起運動的日子，確實愉快。他甚覺感傷，「我們何必搞成這樣呢？」於是一杯接著一杯下肚。

小莫這時跟龍哥道歉，說自己最近情緒不好，是不是讓他很討厭。龍哥喝了點酒，有點口不擇言，說：「的確，你讓我討厭極了！」說完，喝醉的他用雙手抓籃球的手勢抓住他的頭，「但你知道嗎？我很在意你，你是我最好的朋友！」因酒精催化的緣故，龍哥忽感性起來，甚至落淚，又說：「我多在意你這個朋友啊，你難道不懂嗎？你為何忽然好像變了一個人？」說完，龍哥緊緊擁抱小莫。激動的龍哥的體熱讓小莫感受到他對自己的關心，也不禁緊緊回抱他。但就在這時，龍哥感到頭暈不已，也不知怎麼回事，忽然失去意識。

§

戴頭盔與身穿黑色消防衣的消防隊一直敲門，可是沒人回應，他們只好破門而入。整間公寓都是煙，伴隨著一種很腥、很難聞的味道。消防隊聞到該味道，覺得頭皮一麻，那很明顯是人肉燒焦的味道。但他們也覺奇怪，這樣的火勢應不至有人被燒成這樣啊？他們進去搜索。首先映入眼簾的是，一個躺著在沙發上的男人。煙霧這麼大，這人居然躺著不動，他們以為他大概沒救了。但當他們靠近時，卻赫然發現他好像正睡著。他們拍拍他，他還真的醒了。消防隊非常詫異，直問他：「這麼大的煙，你怎麼睡得著？」他一副訝異神情，說：「發生什麼事了？」消防員說，「發生火災啦！大哥！你家灑水器都噴了，警報器也都響了，煙霧這麼大，你都沒感覺嗎？」他吞吞吐吐地說，「我跟朋友喝了很多，不知發生什麼事……」消防隊嚇了一跳，直問他，「這裡還有其他人？你的朋友在哪裡？」他還是一臉迷糊，說：「我也不知道，可能已回去了。」他們又問：「確定嗎？」他一臉懵然。

「這裡！」另一個消防員這時大吼一聲。他們循聲衝了過去。

那是在廚房裡，該消防員旁躺著一個人，已被燒得面目全非。

小莫在警局接受詢問。當時只有他與兩名刑警，偵訊室裡充滿肅殺氛圍。小莫說死者是他最好的朋友，但自己對於發生何事一無所知。他只記得他們前一晚，如往常一般喝酒，談天說地，可他不勝酒力，後來就暈了過去。刑警又問他，「這麼大煙霧，怎麼沒被嗆醒？」他說自己也不知道，可能太醉。「你的朋友死了，你難道都不知道？」他說，「真的不知，我也很難過，他是我最好的朋友。」小莫態度真誠，但刑警依然滿腹疑惑。然而屍體尚未解剖，他們也毫無證據，只能讓他先回去，但嚴厲警告他未來須隨傳隨到。

法醫解剖後，發現龍哥是被人勒死後，才遭火吻的。他後腦遭到重擊，舌骨也被勒斷，正面全身與背後臀部被燒得焦黑，此外，血液中驗出安眠藥的成分。檢察官與刑警在法醫解剖後，對於接下來的打算，已有腹案。

當晚小莫打電話給自己父親的律師，跟他約定在一間咖啡店見面。小莫很早就到了，他選了角落位置。右邊牆上掛了一張詹姆士・狄恩單手捧著臉的照片。他自己或許沒發現，但他長相與他有幾分相像。緊張的他，手指不自覺在桌上不斷敲著。律師一到，他便緊張地問，「情況是不是對我很不利？」律師說，「看起來是如此。」小莫又說，「你的建議呢？」律師沉默半晌，問：「你願跟我坦白一切嗎？」小莫想了一會兒，說：「沒什麼需再坦白的，我在電話裡跟你說的，就是我所知的一切。」律師看了小莫一眼，覺得他非常緊張，臉色是死白。律師請他冷靜，並跟他分析，在假設是他犯了案的情況下，他該怎麼做。最終他勸他自首，「你也是讀法律的，你該知道，若你現在自首，這將會是你未來爭取減刑的最好籌碼。」然而小莫喝了口咖啡，說，「但我不想被關。」但隨即也說，自己將會好好考慮。律師看著他離開的背影，內心沒有批判想法，只覺得惋惜。

隔天，小莫在某登山步道的第二涼亭內自縊身亡。

§

立莉整個人縮在家裡客廳沙發，爺爺奶奶在一旁安慰她。她一直無法停止哭泣，覺得自己是罪人，害死了兩個自己很喜歡的人。網路也一面倒，說她是禍水，還有人繪聲繪影地說，她同時與兩個人交往，才害死了他們。有些人因此肉搜她，但終究媒體與網路還是有點良心，僅公布了她的姓氏。爺爺奶奶不再讓她看手機或電視，擔心影響她的情緒。立莉媽媽也從美國打回來關心，大家都覺得這一陣子乾脆讓她回美國休養比較好。

這時門鈴響了。爺爺奶奶十分警覺，很擔心又是記者來騷擾。他們透過窗戶看著外頭的人，是一個身材纖細、打扮典雅的中年女人。他們覺得她應不是記者，於是讓她進來。她一進來便很有禮貌地說，要找一個叫立莉的女孩。立莉起身，說自己就是。女人向她微微欠身示意，並跟她說，「不好意思打擾妳，我是小龍的媽媽。」立莉嚇了一跳，但這是她初次見她，完全不知該說什麼，只好看著她。女人又說，「真的很不好意思打擾妳，我……來訪的目的，只是想看一下小龍喜歡的女孩長得什麼樣子……現在看到了，我覺得小龍很有眼光，妳真的很漂亮。」立莉依然不作聲地看著她。女人這時從口袋裡拿出一隻手錶，「這手錶不知是妳送給他的，還是他曾送妳另一隻？我想這是對錶吧？總之這是我們家小龍最後戴的手錶，妳可能會想留做紀念吧，我……我很感謝妳曾愛過我們家小龍。他跟我說過，他真的很愛妳……」女人說完，臉上落下幾滴淚，但沒有哭，也很快把眼淚擦掉。

立莉這時接過手錶，看了一眼。那錶正是小莫當時在義賣會跟她買的愛情對錶中的其中一隻。

房塚

今天T很晚才回家，騎了一天的車，他雙臂略瘦。抵家時，老婆在看電視，客廳只點了一盞小燈，暗黃黃的，看上去恍若透過什麼濾鏡app，被改了色似的。他問孩子是不是睡了。

她不耐煩地說，「你不會自己看看時間，這時若沒睡，像話嗎？」說完又問，「你吃了嗎？」

他點頭，「吃了。」

他落坐她旁邊，與她看了一會兒電視。

「你很臭耶。」她說。

他聞了聞自己，覺得還好，但他不敢辯，如再不去洗澡她就會罵人了。於是他起身，準備去洗澡，她眼睛看著電視接著說，「你今晚睡客廳。」他嚇了一跳，思忖著是自己太臭她不願跟自己睡？還是自己犯了什麼錯，她在不高興嗎？他瞥了她一眼，臉色正常，才放心，可能是前者吧。

未見他回應，她轉頭瞪他一眼，說：「有聽到嗎？你今晚睡客廳。沒什麼特殊理由，我想一個人睡而已。我等下會把房間鎖起來，你不用想進來。」他老婆平素就非常霸道跟情緒化，他已習慣，也懶得跟她辯。

「嗯。」他說。

他去浴室行經妹妹房間時，發現她房間的燈是關著的。不知是還沒回來？還是睡了？他想，這對一向十二點後才睡的妹妹而言，未免也太早。可是她平常若晚歸，應該都會Line他，但這會兒，卻沒接到她的訊息。不過，都這麼大的人了，應沒事吧。

他走進浴室，把浴缸的塞子塞好，開始放熱水，接著擠了點沐浴乳，塗在下體，開始自慰。他老婆自產下二寶後，便不再跟他做愛。每次要求，就是吵架，罵他是頭整天想做愛的豬。他實在累了，也懶得吵，而且老婆太兇。他慾望很強，但沒多餘的錢嫖妓，只好自慰，有時一天還需兩次。他悶哼一聲，液體噴在牆上。他用水沖了沖牆，又搓了搓自己，再進浴缸泡澡。他這天特別累，送外食跑了一天，覺得體力透支，耳朵嗡嗡作響。他本業在屠宰場工作，從午夜兩點到早上九點。下午三點再接著外送，直到剛剛才結束。所幸隔天是特休，今晚總算能好好睡上一覺。他從不抱怨太累，也沒資格。兩個孩子尚幼，老婆也只是派遣清潔工，兩人一個月加起來賺不到五萬，生活窘迫得很。

他很感謝妹妹。未婚的她很早買了公寓，讓他們一家子可跟她一起住。這套三房兩廳的公寓當初售價七百多萬，現可能已漲超過四成。妹妹沒貸款，直接現金買下。他也不懂她為何那麼有本事，明明只是一間公司的小會計而已。T之前問她，她說當然有貸款啊。但好像沒有，T爸生前跟他說的。

T爸三十歲左右就在那間屠宰場工作，那是間專殺兩隻腳動物的屠宰場，現在的老闆是第二代。T爸跟著第一代老闆工作滿半甲子那年，也就是第二代老闆接棒的前一年，T也進入屠宰場。T跟T爸都在黏膠站，主要工作是在鴨鵝電動脫完毛後，上膠再除毛一次。T進入屠宰場後不久，T爸就腦溢血過世，才六十歲而已。換二代老闆經營後，工作變得很難做。老闆與妻子非常刻薄，以前半夜都有提供免費點心，現在會從薪資裡扣錢。有些員工忍不住抱怨，但二代老闆娘只回一句「不爽就不要吃啊！」。此外，原本當天殺完就能下班，有時不到六點就能離開。但現在無論如何，大家都得留到九點，提前走就扣薪。雖然T也討厭他們夫妻倆，但一向逆來順受的他，明白現在工作難找，對未來也毫無盼頭，自然只好認份地繼續待下去。

T爸死得乾脆，幾乎什麼也沒留，存款只有十萬，也沒保險，喪事辦完，就已耗罄。因百日習俗的關係，喪事結束不久，他跟交往的女人結婚，也就是他現任老婆B女。她離過婚，有一女，但跟著前夫。據說當初她跟前夫都沒爭取孩子。可憐的小女孩知道自己沒人要，天天拔髮到幾乎禿頭。最後法官考量父親至少有房子，所以判給他。但她得支付每月三千的扶養費。他前夫目前早已再婚，對象是一個越籍新娘，現也生了兩個。B女的女兒聽說更可憐了，父不疼，母不愛，又遭繼母憎恨。這事兒T媽跟T妹都知曉，她們覺得這女人太狠。

當T和B女決定結婚時，T媽跟T妹都悶悶不悅。除了前述原因外，她們覺得那女人心如其面，醜陋至極，且脾氣又差。尤其經常目睹她罵T，罵得非常兇狠，她們擔心單純的T會被她吃夠夠。而且她來家裡住時，她們的一些化妝品、洗髮精或保養液常會不翼而飛。總的來說，她們覺得她不太正常。但T也其貌不揚，又胖又邋遢，僅國中畢業，這輩子唯一就跟那女人好過。他既然很想結婚，T媽與T妹也明白，錯過這女人，他要想再有機會結婚，恐怕很難。

婚後他們一樣住在T妹的公寓裡。時日一久，T妹更不喜歡這個大嫂了。常在T媽面前抱怨，說她嗓門很大，很吵，粗魯，又不愛乾淨，與她一起住很噁心，甚至想叫他們搬出去，但總被T媽勸下。事實上她只是抱怨，她既沒膽，也不會真的那麼做，因為T妹是很愛T這個哥哥的。以前T爸T媽工作非常忙碌，幾乎無暇顧小孩。T爸一休假就是去賭博，幸好只是小賭當娛樂，沒弄得傾家蕩產。T妹覺得父親根本是陌生人，甚至有點畏懼他。在她小時候，父親曾亂摸她，也要她摸他。但她不太確定，像夢，也可能不是，不過證據是，她很小就知道男人會硬。她跟T媽感情雖還可以，但T媽年輕時幫有錢人帶小孩，住在別人家裡，一個禮拜才回家睡一天。因此她覺得在某種程度上，是T養她到大的。她吃T煮的醬油蛋炒飯或油煎麵粉餅，踩著破爛鞋子無論晴雨，跟著T走路上下學，功課不會也是T教的。但在小學三年級開始，她就比T聰明。這麼說或許誇張，但T妹的童年生活記憶裡，真的只有T。

T的反應較遲鈍，根本不知他深愛的這對姑嫂完全處不來。B女在房內經常批評T妹的不是，說她自視甚高，自以為讀國立大學就了不起，瞧不起國中畢業的T，也瞧不起高職畢業的她。又說其實她也沒多漂亮，個性又差，才會依然小姑獨處。然後又不斷地挑撥說T媽很偏心，只疼T妹，沒把T放在眼裡。

T總聽得滿臉疑惑，一次他回說：「妹很多人追啊，五年前本要結婚的，但男友被車撞，死翹翹了……」說到這時，他食指扣了扣，繼續說：「而且她不會自傲，妹很好，妳不要想太多。」B女聽了震怒，一把抓住他的陰囊，說：「你要搞清楚，是我嫁給了你，不是你妹嫁給你，你不要在我面前再說外人的好話。」T痛得尖聲說：「可是……她是我妹妹，不是外人啊。」她大叫：「都一樣，懂不懂？」T才點頭。那晚B女與他做愛，他很高興，高潮時幾乎要把靈魂給抖了出來。

結婚不到半年，B女懷孕了，但她一直隱忍到四個月才告知其他家人。T媽開心不已，總算要抱孫，嘴裡一直說「真厲害，那麼爭氣！」T妹對當姑姑的事其實也高興，但她個性就是冷，聽到大嫂懷孕，一言不發。B女見狀，覺得她因自己懷孕而不高興。晚上又在房間跟T抱怨這事。T當然覺得不是啊，但不敢再說，他若解釋，她會生氣，而他的陰囊會遭殃。

一次在客廳，T媽在看電視，T妹側躺在沙發上修指甲，T妹忽跟T媽說，「最後一筆匯給妳了喔。」電視很大聲，T媽沒聽清楚，問：「什麼？」T妹不耐煩地拿起遙控器，把電視音量調小，說：「以前妳給我的錢啦，最後一筆匯過去了。」B女這時從廚房走出來，剛好聽見T妹的這句話，但她只記得前面那句。

晚上在房裡，B女坐在床上，背靠著床頭，上身赤裸。這是她解放胸部的時間。這一陣蚊多，T在他們床上掛了紅色蚊帳。

她一直琢磨著T妹的那句話。錢？什麼錢？媽以前曾給T妹錢？多少？為什麼給她？

T恰好洗好澡，僅著一條四角褲走進房內。他坐在床沿，伸手進蚊帳，摸她的乳房。她把他的手推開。但他硬了。

「你知道媽還是爸跟媽一起，曾給你妹錢嗎？」

「他們哪裡來的錢？」

「我今天聽到的。我跟你說，你爸媽曾給妳妹錢。搞不好這公寓根本是妳爸媽出錢的。」

「不太可能吧，爸媽賺的錢，自己都不夠用了，哪裡來的錢可以給？」

「那你妹的公寓怎麼買的？」

「這我也不知道，她有本事吧。」

B女仍覺奇怪，抱起胸的她，不斷想著自己應沒聽錯，T妹確實說「妳給我的錢啦！」她越想越氣，臉色很難看。他卻依然很想要，再一次伸手試探，她這次用力捏住他的手。

半年後，B女生了，是個女孩。T媽很高興，隔天一大早起來，燉了麻油雞去醫院探視。但B女很冷淡，說：「誰一生完就吃麻油雞？有沒有常識？」

就在T媽探望完B女，從醫院回家途上，她被車撞死。

T妹是第一個接到通知的人。她開車去現場時，手抖到幾乎像合唱團指揮家在表演時的雙手狀態。她下車時，一屁股跌坐在地上，六神無主地喘著大氣，看著前方那蓋上白布的屍體。她沒看到血，但覺得聞到空氣中血的味道。警察要她過去認屍，她沒勇氣，甚至腿軟。她一直說要等T來，但T的電話聯絡不上。最後警察表示不能一直放路上，那就先安排進殯儀館吧。這時她站起身子，搖搖晃晃地走到屍體旁，俯身，把白布翻開。她跪下號哭又嘔吐。那是她母親。

T妹沒了父母，覺得自己恍若浮萍斷了根，再也沒有人抓著她，彷彿永遠站在沒有重力的地面上，一個人在偌大的世間漂浮。除了哀痛之外，她感到前所未有的寂寞與空虛。撞死T媽的人逃逸無蹤，路口也沒監視器，他們找不到人追究。T媽被撞得很慘，T妹不懂前一天還好好的媽媽，怎麼今天就肢體分離地慘死。她很恨。恨撞死她的人，也恨老天。

T媽的遺體修補得很差，尤其被削掉一半的臉，補回去卻像長了巨瘤，讓人不忍卒睹，但遺體修復師已盡了全力。葬禮上，T安慰T妹，把不斷痛哭的她擁在懷裡。T覺得妹妹忽成了小時候那什麼都需要他照顧的小女孩。B女看在眼裡，覺得他們太親密，甚至吃起醋來。

T從浴室出來，妹妹房間還是暗的。他敲門，沒人回應，於是打開門，沒有人在。他回到客廳，打電話給妹妹，一樣沒人接。他留了Line，也沒人讀。走向客廳，躺在沙發上，他伸手進內褲，玩了玩自己，一下子又硬了。他有點想再來一次，但他老婆曾告誡他，除了浴室之外，他不能自慰。

他看了眼窗外的天空，遠端有幾顆排成一列的星，好亮啊。那夜是金星和昴宿星團相會的日子，八年才一次。他當然不知道。

家裡同時有人死有人生，T的心情複雜不已。但逝者已矣，留下來的人才值得在乎，他畢竟不是有心思悲傷太久的人。T看著女兒，她一直呶著嘴，又不時皺眉，表情又怪又醜，但T覺得好可愛。他很高興，居然當爸爸了，那是好奇妙的一件事。T媽的房間變成他們的育嬰房，B女沒問過T妹，直接就霸佔。但T私下徵詢過T妹意見。她說當然沒問題，也以為是B女要他來問的。T妹其實不吝嗇，尤其是對T；只要問過她，她通常很大方。在嫂子坐月子期間，他看T一個大男人笨手笨腳，也常常幫忙煮月子餐，食材也都她買。但一定是她煮好，T拿去給她吃，她不太想見她。整個月子期間，T妹只進T媽房間兩次，但都只看姪女。不過她一句可愛也沒說。那孩子醜得比她媽還厲害，一向只說實話的她，無法說違心之論。B女對她看自己孩子的淡漠反應很不高興，父母來訪時，也跟父母抱怨。她媽說，那個小姑城府很深，要小心。

月子做完後，B 女回去上班。兩人決定白天把孩子交給保母，但保母一個月兩萬，半年後，她決定自己帶比較划算。他要 T 多賺錢，所以 T 除了在屠宰場工作，還去跑熊貓外送。以前 T 媽還在時，他們全家算一起共食，吃飯都由 T 媽張羅。但 B 女其實很少跟他們一起吃，怕胖的她早餐只喝一杯拿鐵，白天吃公司，晚上很多活動，尤其喜歡去健身房或夜跑，也很常跟同事去酒吧，甚至去夜店跳舞，但一禮拜在家裡吃晚餐一到二次還是有的。在 T 媽死後，他們澈底分食。T 妹偶爾也自己煮，會在冰箱留一些食材。不過常常發現食材不見。他問 T，T 也不知道。T 妹很生氣，覺得是 B 女偷吃她的東西。她傳訊跟 H 男說，「吼，她真的像乞丐一樣耶，居然偷吃我放在冰箱的東西，是有多窮啊。」H 男跟她說，「那妳要跟她說啊，那是妳家耶。」T 妹說，「算了，我自己買一個冰箱好了。」那天她買了一台東元小冰箱，請 H 男幫她搬到房間。B 女全部看在眼裡。

早上 T 被孩子吵醒，睡眼惺忪走到客廳，大女兒跟小兒子已在看卡通。他突然想起妹妹，不知回來了沒？他過去敲她房門，沒人回應，又開門，一樣沒人。

他拿起手機，妹妹的 Line 依然沒讀。他開始有點擔心起來。這時他聽見他們房間的門被打開，接著是鎖門的聲音。B 女走了出來。

「妹妹一整夜沒回來，她有跟妳說什麼嗎？」

「沒有，那種女人我管她幹嘛？」

「奇怪了，她不曾整夜沒回家啊。」說完，他又打電話給妹妹。這會兒電話直接轉入語音信箱。

她開始泡奶，把溫水注入水瓶，一面搖一面說，「我騙你的。她昨天有跟我說啦。她跟男人去山上露營了。」說完她嘖了一聲，「沒結婚就跟男人在外面住，你妹喔，很會裝。」

他小兒子走到母親旁邊，「我要喝奶奶。」她把奶瓶給他。他鬆開手接過奶瓶，手上的玩具掉在地上。他拿著奶瓶，走到爸爸跟前，他把他抱起來，讓他在沙發上喝。

「露營？」他面露疑惑地想，「奇怪了，她何時對露營有興趣啊？」

自從 T 媽死後，T 妹一回家就進房，省得碰到 B 女，就算碰到也不看她，把她澈底當陌生人。什麼要溝通的事，都透過哥哥。但所謂的溝通多半是抱怨，說她很髒很吵，像鄉下人一樣，又說這是她的房子，要住就得像個文明人，她還故意把自己Line的狀態改為「文明人不是家家都有」。T當然不敢直接跟老婆說，但偶爾會點她，例如請她關門、關冰箱要輕點，否則會吵到人。但通常她一聽到就爆炸，「是你妹說的嗎？」他便不敢接話。

T妹雖然很忙，但是個很會生活的人，除了上班外，其他活動也很多。她跟同事H男也交往得很順利。但他目前已婚，雖然正跟老婆在談離婚，夫妻感情也真的不好，可是他老婆還愛他，不願離婚。T妹有時會埋怨他，又沒小孩，怎麼不早切切。但她也沒給他壓力，覺得不結婚也不是壞事，而且自認條件不錯，也不是非H男不可。

這段期間T妹和B女相互把對方當陌生人，倒也相安無事。只是偶爾她在浴室看到一些頭髮，或廁所裡那沾到血的衛生紙，會覺得很不爽，覺得B女生活習慣很差，很髒。

她跟T說，「媽房間是小套房，現也給你們用了，以後你們就用那間的浴室好了，這間浴室就我用。」但T媽那房間的浴室很窄，替小孩洗澡很不方便，馬桶也早壞了，又沒熱水，若要維修，加裝熱水器，還得花錢。B女聞言很不爽，憑什麼她要獨自用那間大浴室。「那你叫你妹出錢幫我們裝熱水器啊？」T

覺得為難。但T妹一直跟T抱怨。T只好找人來修馬桶，又裝了新熱水器。他很尊重妹妹，從不再使用那間大浴室。但B女不甩T妹，還是經常進那間浴室，有時還故意把她的洗髮精倒掉一半。T妹知道她常跑進她浴室，超級不爽的，最後乾脆在浴室上鎖。B女知道那鎖完全是針對她的，氣得牙癢癢，幾乎要抓狂。

打給T妹的電話一直轉入語音信箱。雖然B女說她去露營，可能在山上收不到，但週六到現在週一，已三天了，全轉入語音信箱，實在有點奇怪啊。但B女說，「有什麼好怪？你又不是不認識你妹，跟野男人在外面睡個幾天，有什麼好怪？」說完，她輕蔑地笑了一聲。

這三天她老婆都不讓他入房睡，也是一出門就把房門鎖得死死的。他沒問她原因，一問恐怕就吵架。不，不是吵架，是她自己吵，她會歇斯底里，甚至會抓他陰囊，他會怕。他躺在沙發上，想睡一會兒。但小兒子看卡通的聲音很吵。他在沙發上翻來覆去，睡不太著。而且他好像聞到一種臭味，像死老鼠的味道。他在想，會不會是有老鼠死在家裡？這下子麻煩了。死老鼠通常沒臭個兩個禮拜不會消。沒一會，B女帶著女兒回來。這下子更吵了。他索性不睡了，起身過去看看老婆有沒有買什麼好料。他看見一個購物袋裡，裝了一大瓶芳香劑。

他納悶地問，「妳也聞到了，對吧？」
「聞到什麼？」
「一股臭味啊，是不是家裡有死老鼠？」
「哪裡有什麼死老鼠？是你身上的臭味吧？」
「不是我，是死老鼠。」
「我是沒聞到。」
「那妳買芳香劑幹嘛？」
「就說你很臭啊。」
小兒子聞言，哈哈大笑，指著爸爸說，「爸爸好臭。」
說完，她拿著芳香劑往房間走去。之後他聽見用鑰匙開門的聲音，門被關上，又聽見門被鎖上的聲音。他開始納悶，老婆整天鎖門在裡面，到底在幹嘛？但他不敢問。

B女又生了個孩子。T很高興，這次是男孩。他不是重男輕女，只是有兒有女，家裡才是個「好」字啊。T妹跟L男抱怨，家裡那隻醜母豬超會生。以後越生越多，全家賴著她，那要怎麼辦。L 男是她的新對象。上次的 H 男優柔寡斷，她狠狠跟他切了。事實上是他回老婆身邊了。T 妹氣得差點跟他打起來。不過最後她想通，跟已婚男人在一起，不會有好下場。L 男跟 H 男不一樣，雖較醜一點，但單身；光單身這點就贏了，省了無數麻煩事。L 男的個性有點婆媽，很會替她打抱不平。她幾乎每天跟他抱怨 B 女的事，L 男不知怎地，也很愛聽。他們私下稱 B 女為「醜母豬」。

但同住屋簷下，要完全沒有交集很難。T 妹挺喜歡姪女的。B 女生下二寶後很忙，T 妹心情好時，會幫忙帶姪女。T 妹覺得她個性像爸爸，傻呼呼的，很善良。但正因像爸爸，腦袋不那麼好使喚。有時 T 女試著教她認字，或簡單的數學，經常反應不過來。有一回，她教了她好幾次一道簡易數學題，她都學不會。T 妹覺得好氣又好笑，脫口：「妳怎麼那麼笨啊。」恰好被 B 女聽見。她氣得在房間裡大哭，甚至摔東西。T 回來之後，見房間一片狼藉，問她發生什麼事。她居然狠狠咬了 T 的肩膀一口，說：「你家的人要欺負我到什麼程度，是想逼死我嗎？」接著大聲尖叫起來。之後 B 女不准女兒再跟姑姑玩。

T 覺得家裡的味道越來越奇怪，偶爾香偶爾臭，但不是很重，不太影響生活。

他判斷應不是死老鼠，會不會是自己的嗅覺壞了？

這夜屠宰場很忙，他一連黏了上百隻鵝。鵝比鴨大且重，這批又老，毛特別多，有幾隻不得不還黏了兩次。好不容易捱到休息時間，他到外頭透口氣。一陣陣帶有泥土味的涼風吹來，他覺得很舒服。想起了妹妹，打電話給她，但依然不通，已第四天了。

他下班回到家，很累，但卻不知怎地，忽有了慾望。他打開手機，上了色情網站。他向來喜歡異國風情，例如巴西女人，珠圓玉潤的，很性感。他進行到一半（他得小心不能出來，免得被老婆罵），家裡電話響了。

「請問是徐〇〇的家屬嗎？」

「對，我是她哥哥。」

「我們是〇〇公司的行政部啦。請問徐小姐這幾天有事嗎？昨天沒來上班耶，打電話都沒有人接，今天早上也沒到。」

T很訝異，「咦？她沒有請假嗎？」

「沒有啊。」

「我是知道她去露營了，但不知道她沒請假。」

「是這樣啊，原來如此，那我們就安心了。那麻煩您若看到她，請她跟公司聯繫一下喔。」

「好、好，我會。」T掛上電話，落坐沙發，手還握著半硬的自己，但慾望沒了。奇怪了？他想，妹去露營居然沒請假？怎麼會這樣？

T妹這晚在外面跟L男吃飯，已接近尾聲了，兩人在喝著紅酒。餐廳外下著雨，玻璃窗上的水痕，讓霓虹燈在窗上糊成一片。T妹覺得這男人越看越順眼。但她此刻心情很不好，當然是因那醜母豬的事。T妹其實不是憂鬱的人，但醜母豬真的太過分了。L男一直勸她，要跟她哥攤牌，「妳們就是處不好啊，再這樣下去，妳會生病的。」

T妹嘆口氣，「生病倒還好，你知道那醜母豬根本有暴力傾向嗎？那天她又跑到我浴室，我跟她說不要再用我的浴室。她問我，什麼叫妳的浴室？我說房子是我買的，當然是我的浴室啊。她就說她知道我爸媽曾給我錢。我就說，妳在發神經啊，我何時跟我爸媽拿錢。她說她有聽到。我懶得跟她說話，要她滾出我的浴室。她就推我耶。」說到這時，T妹讓L男看她手臂的黑青，「她好恐怖喔，有妄想症，又有暴力傾向。」

L男也嚇到，問：「妳怎麼不報警？去驗傷吧。」

T妹沒有回應，繼續說：「更扯的是，當晚我哥來找我，問我是不是真的不希望他們跟我一起住，又說嫂子哭得很厲害。我當場傻眼。我說哥，是嫂子自己發神經，然後推我耶。我給我哥看我手上的黑青，但他置之不理。又問爸媽是否真有給我錢。我坦言，我當初買房子有跟爸媽借兩百五，但後來我都還了。我媽死後有一些存款，那些就是我還給她的錢啊，我真的沒跟他們拿錢，是借款而已。」

T妹那天回家，越想越氣，在酒壯膽之下，打了電話給B女的媽媽。她跟親家母說B女欺人太甚，甚至動手打她。最後用很酸的口氣請教親家母到底是怎麼教女兒的。

L男來到警局，跟警察說自己已多天聯絡不上T妹，並給警察看T妹給自己的Line訊息，上面是他們的一些談話，其中一句是「我很怕我大嫂會殺我」。但他們的對話中有很多不正經用語與貼圖，警察一度覺得是玩笑。但L男很緊張，他要警察跟他一起去T家看看。

他們來到T家公寓大樓，管理員看到警察，直接放行。他們來到T家門前，按了門鈴沒人回應。這時，他們聞到了類似死老鼠的味道。L男很擔心真的出事。警察說，「不會啦，別瞎擔心。屍臭比這味兒重百倍以上。」又建議，「既然沒人在，我們先走吧，到時你自己再電話聯絡看看，應沒事的。」警察依然覺得是L男想太多。但就在這時，B女回來，帶著兩個小孩。她看到警察站在自家前，非常意外，但十分鎮定地問他們要幹嘛。

警察看著L男，笑笑說，「這個人懷疑他朋友被殺了。」

L男雖沒見過B女，但看過她照片數次，他知道那女人是B女。

警察問B女是否認認識T妹。她很自然地說，「是我小姑啊，她去露營了。」

警察跟L男說，「對嘛！去露營了。」

「但露營怎可能五天都沒看手機呢？」L男說，並堅持要進屋子看看。

B女一臉無所謂，把家門打開。這時，一股更濃厚的臭味傳了出來。但B女與小孩似乎都沒聞到。

警察也納悶，問：「妳難道都沒聞到臭味？」

B女做出嗅聞動作。「沒有啊，哪裡有什麼味道？」

說也奇怪，這時警察與L男也真沒聞到了。

L男說要看看T妹房間。警察說這樣太突然。但B女說不要緊，就帶他們去T妹房間。她打開門，裡面沒人。B女說，「就說了，她去露營。」

警察原本要走的，可是這時又一股臭味傳來。這回更加強烈，警察與 L 男甚至咳起嗽來。

大女兒忽指著媽媽房間說，「姑姑在那邊耶。」B 女嚇了一跳，對著女兒說「妳在胡說什麼！」警察也很意外，問能不能去看一下她的房間。她面無表情。

警察試著轉動她房間的門把，但鎖住了。警方跟 B 女拿了鑰匙，把門打開。

T 的鬧鐘聲響刺破了半夜的寂靜，他不情願地睜開雙眼，看了一眼鬧鐘，是凌晨一點三十分。他把鬧鐘按掉，起身準備上班，卻發現 B 女坐在化妝台前，看著鏡子裡的自己。他嚇了一跳，問她：「怎麼半夜不睡覺？」她沒回應，臉上表情很嚴肅。他也不敢再多問，摸摸鼻子，換上上班穿的衣服，說：「我去上班了，妳早點睡。」她仍舊沒回應。他沒打開客廳的燈，悄聲摸黑走到大門，安靜地離開。

B 女確定 T 離開後，站起身子，從床底下拿出一把鐵鎚，然後走到 T 妹房前，把門打開。T 妹正在睡覺，她走到她床前，一把抓起她頭髮，把她從床上直接拽到床下。T 妹嚇了一大跳，以為是壞人闖進房間。仔細看一眼，竟是她大嫂。她大叫：「妳要幹嘛啦！妳發瘋了嗎？」B女猛力踹了她一腳，她整個人往後撞上櫃子。她又叫：「妳發瘋了是嗎？妳在幹嘛？」B女只冷冷地說：「妳不是很會？打電話到我娘家打小報告？」這時她毫不留情用鐵鎚直接重擊她的肩膀。她痛得大叫。B女又說：「閉嘴！妳不是很怕吵？妳這樣不怕吵到自己嗎？妳不怕吵到妳自己，也要擔心吵到我兒子女兒啊。他們在睡覺，妳不要吵！」T妹這時哭了，跪了下來，「大嫂妳不要這樣，我給妳跪，我好怕，這房子給你們，妳饒了我好嗎？房子給妳，給哥……妳饒了我……」她看著向她跪著，低頭求饒的她，「房子本來就是爸媽買的，本來就是妳哥的！」這會兒她鐵槌直往她腦門重敲下去，一次、兩次、三次，T妹昏了過去。B女看著躺在地上滿臉是血的T妹，大喘幾口氣，她覺得手很痠。半晌，她看著鏡子裡的自己，居然也滿臉是血。她抽出幾張矮櫃上的面紙，把臉上的血擦乾淨。這時，T妹忽抓住她的腳踝，「大嫂……救我……我好痛……救我……」她看了她一眼，一腳往她的臉踹去。之後抓著她的頭髮，拖著她往浴室方向走去。她喃喃自語著，「妳就是不願死嗎？妳這種賤人就是不願死嗎……」抵達浴室後，她把她拉進浴室。接著俯身拿起浴缸的塞子，塞入浴缸水孔，開始放熱水。她坐在浴缸邊，看著嘴裡吐著血泡的T妹，發出一陣冷笑。T妹一直想說話，似乎是求大嫂救她，但嘴裡血泡讓她話語不清。B女嘖了一聲，又笑了一下，「救妳？妳知道我多恨妳嗎？……」這時水深來到半個浴缸。B女抓起她的頭髮，把她的頭猛往浴缸裡塞。T妹用盡最後力氣掙扎，不久後，她靜止了。T妹上身浸泡在水裡，血從她嘴裡像霧一般向上浮起。此刻，B女忽覺內心澄明了起來。但浴缸髒了，不，是整個浴室都好髒。她把她上身從浴缸裡拉起，開始清理，並決定以後全家人都要像文明人一樣生活，這個家是他們的了。

T接到通知，回到家裡時瑟瑟發抖，嚇得臉都白了。B女坐在他們房間的床上，手已經上銬。房內很臭，臭得幾乎讓人無法呼吸。所有的人都戴著口罩，只有B女沒有。她低垂著頭，面無表情。警察跟T說明情況。那個被敲開的水泥塚裡，埋的是受害人，也就是他的妹妹。而他老婆已坦承自己殺人。

T跪了下來，趴在B女大腿上號哭，聲如牛哞，然後說她怎麼會那麼衝動、那麼傻……B女看著他，摸摸他的臉，說：「你好臭。」

第二次母親

小梨從學校回到家時，捧著肚子，臉色很難看。光著膀子、躺在沙發上看電視的小梨父親聽到她入門時，叫了她一聲，她沒應，卻像閃避瘟神一樣，直接進房。他倒也不怎麼在意，女兒自青春期後，就看不起父母。他無法理解自己怎會生了一個好像恨自己的女兒，他並沒有對不起她。

小梨母親加班到八點才回來，一臉倦容，手上提著一個裝了三個便當的紅白塑膠袋，問丈夫，「小梨上哪兒去了？」小梨父親抓抓長滿捲毛的肚子說，「在房裡。」小梨母親喊了幾聲，裡面聲音回說，「肚子痛，不吃了。」母親又問怎麼了，要她開門。她說，「不要吵啦，睡一會兒就好。」小梨母親有點惱火，現今孩子真難教，買便當給她吃還不夠，還得求她吃。

她悻悻地回到客廳跟丈夫說，「你女兒我管不動，你去叫她吃飯。」小梨父親不耐煩地嘖了一聲，「算了，這種年紀的小孩，我也管不動，我們吃吧。她餓了，自然會吃。」小梨父母只生了這麼一個寶貝女兒，原想再生一個的，何奈第二胎就是沒消息。也許是獨生女太寵了，這女兒從小脾氣就拗。他夫妻倆都靠勞力賺錢，一個在汽車保養廠做維修員，一個是食品廠作業員，都自覺賺得菲薄又累。本期望她能好好讀書，不要階級複製下去，怎奈她卻比他們更恨念書，國中畢業就選擇讀高職美髮科。「但那也是沒辦法的事，」小梨母親認分地想，「讀書靠的是天分，自己跟丈夫都沒讀書基因，怪誰呢？也許美髮能闖出一片天。」

隔早，天才拂曉，小梨母親因擔心女兒，早早就起床，還不到五點半。她走到女兒房前，敲門，沒人回。她想起昨晚女兒說肚疼，早早睡到現在卻又叫不醒，不禁擔心起來，更用力地敲門，但還是靜悄悄地。「這不對了。」她大步跑回房間，幾乎用哭聲，跟老公說，「你快點來，看看女兒怎麼了，我怎麼敲門她都沒回，快來看呀！」

小梨父親才睜開眼，就被一臉驚恐的小梨母親嚇到，趕緊來到女兒房前拚命敲門，一樣沒人回應。「妳讓開！」接著他退後幾個大步，再往前一衝，這會兒把門給撞開了，人卻也跌了個踉蹌。但他還沒站起身子，就聽到老婆淒厲無比的哭聲。他定睛一看，發現女兒下身與下面白色床單都沾滿了血，她雙眼緊閉，臉色蒼白，好似死去一樣。完了，女兒被昨晚闖入的兇徒給強暴、殺害了嘛。母親雙腳一軟，癱坐在地上，父親趕緊向前確認，伸手一摸，真完了，女兒的臉、脖子都好冰。他也不禁哭了起來，唯一的女兒竟死了，這下子怎麼辦。然而，這時卻傳來嬰兒哭聲。他們都嚇了一跳，原來女兒旁邊躺著一個沾滿灰白色胎脂與血的嬰兒。他們也才發現，女兒並沒死，只是昏了過去。

嬰兒是個女孩兒，兩千八百公克，非常健康。做了產後護理後，小梨也恢復得很好，只是未如一般新手媽咪興奮，而是一臉鬱悶。小梨爸媽則非常生氣，也很懊惱自責，女兒懷孕到產子，他們居然都沒發現，未免也太粗線條。是啦，他們之前曾覺奇怪，怎麼這一陣無論冷熱，女兒都穿著外套。但瘦弱的她一向畏冷，所以未察覺異常，似乎也情有可原。

在醫院他們一直問她，到底是誰「害」了她。當然「害」這字眼兒用得輕微，用得取巧，他們指的，就是誰侵犯、強暴了她。他們認為她沒男友，也認為她不會那麼不懂事，壓根不敢想像這事兒也有可能是兩情相悅下的結果。但小梨一直不願講話，也沒哭泣，只是看著窗外，但那裡除了灰白天空外，什麼也沒有。他們後來改問她，未來打算怎麼辦，她也不回應。住院時期，小梨都扮演著聾子與啞子，僅在護士把孩子帶來給她餵奶時，才恢復正常。

§

過了幾天，小梨與父母帶孩子回家。一進門，父母便提出替她安排把小孩送養的打算。小梨怒不可遏，說父母是神經病，自己怎可能把骨肉送給別人。她父母要她理智想想，她才幾歲，怎有能力帶小孩，況且她連高職都沒畢業。小梨大吼，「閉嘴！通通給我閉嘴！」接著就直接進房間，不再跟任何人說話。

之後，小梨父母沒再提及送養的打算。直到滿月那天，父母又舊事重提。他們這會兒說，「要不送養，要不跟我們說男方是誰，我們叫他們來負責！」小梨又跟父母大吵起來，最後她崩潰大叫，把他們趕出房間。不斷啜泣的小梨抱著孩子坐在床沿，看著她的小臉，她是那麼的漂亮。她不知道自己該怎麼辦，感到天地無著落，最後她打了電話給一個人。

這位大姐在林口經營一家美髮店。去年小梨在高一下學期時，曾到她的店當建教生。當時大姐就對她照顧入微，說她很有她的眼緣。實習結束後，大姐偶爾也會約她在她家附近吃飯。大姐三十八歲，未婚。經營美髮店十來年了，店內生意一直很好，客人多是士紳名流，演藝圈、文化界，甚至政治圈都有。當小梨打電話給大姐時，大姐很同情她，二話不說就把她接來跟自己住，也一起照顧小孩。小梨的小孩取名叫小蘿，很乖，很好帶，滿五個月時，小梨請了保母，自己全職替大姐工作。她能力也不錯，很會做頭髮，嘴又甜，很多客人，尤其年長的，非常喜歡她。

小梨自離家後不曾返家，父母倒曾來過幾次，看她過得不錯，孩子也很可愛，有點後悔當初曾擅自打算把小孩送養。不過很令小梨意外的是，他們從沒問過她是否要回家。她原以為他們會很希望她回去，她便能瀟灑地拒絕，結果他們沒有。每次他們來跟外孫女玩一玩後，便一聲不吭地回去，她都覺得自己受了傷。

§

大姐除了有台自用的 BMW 及美髮店採買的店車外，又很貼心地另買一台國產舊車給小梨使用。那天她排休，開車載著女兒去好市多採買，她想買多汁好吃的紐西蘭空運櫻桃。她自己愛吃，女兒也喜歡，更重要是大姐也愛。住人家裡嘛，要懂得巴結。

她車上放著兒歌，女兒很喜歡，一邊拍手一邊跟著唱。車子行經青山路二段的下坡時，掛在車架上的手機傳來 Line 的訊息聲。她看不清楚，於是把手機拿下。就在這時，她沒留意前車早因紅燈減速，就這樣直接高速撞上。小梨命大，毫髮無傷，可沒坐兒童安全椅的小孩，就沒那麼幸運了。車禍當下，直接從後座彈到前座，即刻失去意識。她慌忙把孩子從車內抱出，四處大喊，要路人幫她報警，最後無助地坐在路邊大哭。一直到救護車把孩子送抵醫院，孩子依然昏迷不醒。

醫生跟她說，孩子的脊椎損傷非常嚴重，腦也水腫，昏迷指數是三，情況很不理想，要她有心理準備。她哭著跪著祈求老天爺，自己願一輩子吃素或減壽，什麼都好，只求孩子能活下來。或許老天爺聽到她的祈求了，孩子在失去意識的第三十八天，眼睛微微睜開了。小梨跟老天爺道謝，很感動孩子醒了。但孩子卻是植物人狀態，身體不會動，也不會說話，全身只剩那雙眼睛有反應。醫生跟小梨解釋，孩子恐怕一輩子只能是那樣子了，也可能每況愈下，能活多久是多久。他不希望她有過度期望，因為一定會落空。

小梨的心態轉變很大，從害怕不已，到感謝老天爺讓女兒甦醒，隨後覺得老天爺冷血到令人恐懼，她想到了《潛水鐘與蝴蝶》那部片，她女兒恍若也被禁錮，被裝到一個蛹裡，沉到很深很深的未知空間裡。

帶著孩子回到大姐的住處後，小梨不再哭泣，覺得自責對女兒毫無裨益。這也許是人生功課，她打算堅強，好好照顧女兒。大姐一句「有什麼需要儘管說，我在所不惜」，也給足了她信心。剛開始，小梨一切自己來。女兒還小，身子輕，照顧她不太費力，只是心很累，就算她已看開，但每天看著宛如睡美人般的女兒，依然覺得愧疚不已。她常想著，若她安裝上兒童座椅，若她沒看手機，若她沒抱著受傷的她到處走……她常常自問這些假設性問題，問著問著，想著想著，看著看著，也還是哭了。

日子久了，她開始跟女兒說話。她明白女兒不會理解，雙眼反應也只是反射動作。但不知怎地，她覺得女兒腦袋是清楚的，可理解她的聲音。她雖也認為在這樣的身體裡，腦袋不清楚恐怕比較仁慈；但倘若女兒能理解自己的陪伴和努力，她內心較好過。

大概過了一年，她的存款見底。她雖住大姐家，吃的用的都靠大姐，但跟孩子有關的開銷，還是得花自己的。於是跟大姐商量後，她決定回去上班，並找來一個叫馬菲莉的泰籍看護幫忙照顧女兒。她非常負責，讓小梨可以安心工作。漸漸地，她找回了自己的生活步調，因馬菲莉的幫忙，她陪伴女兒的時間也逐漸縮短。

§

小梨這樣一個漂亮女人，又不滿三十，其實一直有男人向她表述心跡。剛開始她都婉拒，認為像自己這樣的罪人，沒資格再談戀愛。一次，她跟大姐在路邊攤吃晚餐，兩人都喝了點小酒，大姐說，「妳是時候走出來了。」大姐的羅曼史非常精彩，但幾乎都是悲劇。她早已不再信愛情了，更準確地說，她不再信男人。她現在只跟小鮮肉有肉體關係，一旦有了感情，多半是對方愛上她，她立馬斬斷，毫不留情。但她覺得小梨跟自己不一樣，她還年輕，也沒交往過幾個男人，應還能相信愛情的。

追求小梨的，都是正經男人，幾個看得挺順眼，她也敞開心胸與他們交往。一開始總是愉快，那些男人不僅注重儀表，態度風趣又大方，帶她去她沒去過的地方、品嚐她沒吃過的美食，甚至也讓她享受到真正的性愛高潮。有一、二次，她也真的動了心，但後來他們看到她女兒，就嚇跑了。她也不怪他們，跟她交往的男人年紀都與她相仿，都想要未來，但誰願與有這樣小孩的女人共譜未來？不是每個人都是慈善家啊。若立場轉換，她覺得她也會離開。人生麻煩事已夠多，何必再自找麻煩？

後來她遇到一個叫阿朝的男人，他是她一個熟客介紹的。年紀比她小一點，她在他身上找不到缺點。他倆互相愛戀著，也想跟彼此在一起一輩子，甚至想時時刻刻在一起。因為在沒有看到彼此的時間裡，他們覺得空虛，覺得冷，甚至覺得內心隱隱作痛。她與他在一起後，整個人都變了，上班不專心，常躲在廁所裡，跟他情話綿綿。晚上回家也很少看女兒，初期還會問馬菲莉女兒的狀況，後來卻是連問也不問了。一禮拜夜宿他的公寓三到四天，她從不知道，原來真正的愛帶來的性是那麼愉悅，她覺得害臊，但她好享受他的身體。

一天半夜，小蘿生病了，呼吸困難，不斷翻白眼，大姐跟馬菲莉趕忙帶她到醫院掛急診。大姐急著聯絡小梨，卻找不到人。在阿朝床上的她，其實看到了大姐的Line，但刻意不點，她無法在那麼甜蜜的時刻離開愛人，隔早上班也遲到。大姐要她先去看女兒，她卻說上班要緊。大姐有點不高興，但也不好念她，她是一個不喜歡正面衝突的人。馬菲莉私下也跟大姐抱怨，小梨如此不關心女兒，未免太殘忍了。大姐這會兒卻益發喜歡這孩子。她雖不會動，也不會說話，但一雙水靈的眼睛還是看得出有靈魂。她每次叫小梨多去看看孩子，去摸摸她，但小梨變得越來越奇怪，不願也就罷了，還會跟大姐生氣。大姐感慨萬千，孩子好像變她的，是她的責任了。但不知怎地，她也不生氣。

小梨這次學聰明了，不讓阿朝知道她女兒的事。未來呢？何時坦承？她沒想那麼遠。阿朝對未來很有衝勁，想創業，常跟她構思著未來藍圖。他要她跟他一起創業，惟目前仍短兩百萬。他未跟她開口，但她覺得自己得付出，只是她沒那麼多存款。她想跟大姐開口，但一直猶疑著。

週日晚上小梨刻意跟大姐吃晚飯，見大姐興致高昂，她便藉機提起自己跟那男人的事。大姐見過他幾次，印象還不差。接著小梨鼓起勇氣，坦承需要一筆錢跟他一起創業。大姐聞言，只搖搖頭，「這事兒我沒法同意。」小梨很生氣，說大姐原來看錢那麼重。但大姐說，「妳還有孩子要養啊，妳真覺得妳有本事創業？」接下來兩人居然吵了一架。大姐把這陣子的不滿都說了出來，尤其關於她女兒的事，說她不能如此「冷酷無情」。小梨對大姐的指責無力招架，最後居然哭了起來。大姐也覺得自己用字太重，又想起她悲慘過去，於是也心軟，閉上了嘴。

他去借了信貸，加上她的幾十萬元，踏上了他們的創業之途。這男人的確有本事。很多人創業頭幾個月都是赤字，但他沒有。他做的是珊瑚買賣，這原是很冷門的生意，但他靠過去的人脈和做足的功課，讓他輕易獲利。小梨不懂珊瑚，每次聽他講解珊瑚的種類與價值時，雙眼都放著光，她覺得自己對他崇拜不已。

那一晚，他邀她到一間極高檔的日本餐廳晚餐。兩人都喝了一點燒酒，一位真正的日本藝妓抱著三弦琴走了進來，演奏起夏川里美的名歌「淚光閃閃」。阿朝的臉有點紅，微醺的樣子讓她覺得他很可愛。忽然間，他拿出一只鑽戒向她求婚。她看著鑽戒發出璀璨的亮光，感動不已。她當然沒理由拒絕，她點點頭，他隨即擁抱她。時間在那一剎那停止，他與她走入了獨屬他們的桃花源，他是她的世界了。

然而事實上，阿朝對她不甚理解，只知自己深愛她，也迷戀她的外表，更喜歡沒有穿衣服的她。她的乳房不大，但很美，乳首宛若一朵櫻花；她肚子有一些妊娠紋，但她說，「很多女人就算沒生過小孩，也是有妊娠紋的。女人小腹易胖也易瘦，很容易產生妊娠紋。」阿朝不知怎地，竟也相信了她的解釋。小梨很少跟阿朝談起自己，每次他問起關於她的過往，她都說不重要。他見過大姐，也以為她真是她的大姐，但他沒拜訪過大姐住處。當然是因為她不能讓他看到自己女兒。她在他面前是完美的，在他之前只純潔地交過一個男友。阿朝不是傳統的男人，根本不在乎這個，但當她告訴他自己如此清白時，仍有點感動。他曾問：「那妳的父母呢？」她說他們住在南投竹山，很偏僻的地方。每次他說要去拜訪，都被她拒絕。如今兩人要結婚了，總得跟父母見個面，她想不出還有什麼理由能拒絕。

§

這早，小梨很早起來。坐在那間每次與他約定見面的八十五度C咖啡店，喝著黑咖啡，一面回想起那天第一次拜訪阿朝家裡的情況。他出生書香世家，爸媽都是教授，雖不很有錢，但是個十分體面的家庭。阿朝與他父親外貌十分相像，兩人個性、甚至連說話樣子也像。他父親對她沒意見，反正兒子喜歡就好，但母親則不一樣了。她只知道小梨沒讀什麼書、在美髮店上班，雖還不至於瞧不起人，但在那次拜訪中，她問了小梨很多問題。小梨對於能坦白的部分，她就說真的；不能坦白的，她就胡謅，反正她很有一套本事，最後終於虜獲阿朝母親的信任。

這時阿朝到了。穿得很正式，好像要去拜訪客戶似的。她上下打量他，噗哧一聲笑出來，「根本沒必要穿那麼正式，去了你就知道。」

小梨之前就先打電話跟父母交代過，千萬不得提及她的過往和小蘿的事，母親當時沒有多說什麼，只回說知道了。這天小梨父母很早就在客廳等待，兩人都略顯緊張，也許有點擔心讓女兒丟臉吧。阿朝抵達他們家時，覺得一切比小梨口中描述的好很多。雖然的確是鄉下房子，但跟落後扯不上關係，周圍生活機能也很健全。阿朝見到小梨父母時，他們態度落落大方，但不知為何一旁的小梨卻快怏不悅。阿朝很有人緣，他們聊了一會兒，父母對他的談吐也很欣賞，對他們而言，他是另一個階層的人。

回途在車上時，小梨幾乎沒講話。收音機正巧播著「淚光閃閃」。阿朝打破沉默，說，「妳知道嗎？我到現在才鬆一口氣，原本我以為妳父母會很奇怪的，因為妳每次都把他們形容成怪人，但今天我卻覺得還好，很正常的人啊。」小梨噴了一聲，「那是表象。」

§

她其實很早就知道了，就像她高中時，莫名其妙就知道。兩次都沒用驗孕棒，但她就是知道自己懷孕了。所以當醫生跟她道恭喜時，她臉上很平和，未出現驚喜神情。不過她內心是欣喜的，甚至可說是欣喜若狂。

第二次懷孕了，讓她對人生充滿希望，腦裡展開與阿朝的幸福生活。她心裡琢磨著要怎麼跟阿朝說。她又想著，「他會開心吧？沒有理由不開心啊？對吧？」

那晚她從醫院回來時，已是黃昏，桔黃的夕陽直照進大樓的深處。她跟大姐打聲招呼後，逕入女兒房間，不知怎地，今天她特別想看看女兒。她來到女兒床邊，看著女兒已變形的臉龐，尤其那雙眼已不再靈活，而是永遠半閉著，心裡一陣酸楚，但已不如過去那樣痛了。她這才知道，原來傷痛就如冰塊，是會隨時間融化，而逐漸淡薄的。

她想起自己已好一陣沒有跟女兒說話了，於是摸著她的臉頰，說，「辛苦了。」女兒當然沒回應。小梨又說，「對不起讓妳受苦。如果可以，妳也想解脫吧。」這時女兒臉上出現了用力的表情。小梨嚇了一跳，以為她在回應她。此時一旁的馬菲莉忙說，「不好意思，太太，妳女兒大便，我要幫她換尿布。」瞬間一股惡臭襲來，她不禁掩鼻，隨即走出女兒房間。

這早她跟大姐請假，說自己頭暈不舒服。大姐問要不要陪她去醫院，她說不必，應睡一會兒就好了。之後她待在房裡打給阿朝，約他晚上一起吃飯。然後小梨這整天什麼都沒做，就坐在房裡想著該如何告訴阿朝自己懷孕的事。

晚上，他們很早到了餐廳。一坐下來，小梨伸手摸摸阿朝的臉，說：「今天真的很帥。」嘴甜的他則說她每天都美。小梨下午想了很久，一直想不出什麼驚喜的方法，來讓阿朝知道自己懷孕的事。她最後決定單刀直入跟他明說。阿朝是比較浪漫派的，聽到消息後，摀住自己的嘴，一臉不敢置信的表情，後來甚至掉下淚。他說自己很高興這麼年輕就當爸爸。他雙手圍攏住小梨的手，輕輕吻她一下，然後跟她說，自己會一輩子努力當個好丈夫跟好爸爸的。小梨在他眼神裡，看見了堅定的熱情，她將有一個嶄新的家庭與未來。她雖覺得他這些話太俗氣，還是不爭氣地流下淚來。

小梨回到大姐家時，已快十一點。大姐看到她盛裝回來，有點納悶，不是說身體不適嗎？她倒沒生氣，只覺奇怪。小梨則一臉喜孜孜地落坐大姐身旁。

大姐問她，「怎麼了，中樂透嗎？大姐對妳這麼好，中樂透至少買台BMW給大姐吧？」小梨笑著輕推了一下大姐說，「不是啦！是想跟妳說一下，我……我有了……我懷孕了。」大姐愣了一下，一臉不可置信，之前完全看不出來啊。

小梨摸摸肚子說，「已經四個多月了」。大姐這時皺了皺眉問她，「那小蘿的事妳有跟阿朝說清楚嗎？」小梨忽收束喜容，低頭不語。

「還是得跟他說清楚啊，否則要瞞一輩子嗎？我看阿朝不是一個沒擔當的男人，妳得早點跟他說，越早說殺傷力越小，現在妳又懷孕，已沒退路了。」大姐語重心長地說。

小梨依然沉默著，後來居然哭了起來。「怎麼哭了呢？姐不是責備妳的意思。

好啦好啦，不說就是了。」

小梨沒跟大姐再說一句話，起身逕往女兒房裡走去。馬菲莉正在看電視，她見小梨一張哭喪的臉，立刻端坐好，並把電視關掉。小梨坐在女兒床旁，一臉哀容地看著女兒。也許是心靈感應吧，女兒忽然發出類似小貓叫聲，又張大嘴連續打了幾個無聲的哈欠，然後嘴開始呶來呶去。馬菲莉跟小梨說，妹妹哭了，她想要媽媽的安慰。她拿起小蘿的左手，放在小梨手上，但小梨立刻將手抽回。馬菲莉嚇了一跳，連忙向小梨道歉。小梨搓搓手，說沒事。之後她就這樣坐著看著女兒，默然無聲，一動也不動地。馬菲莉這時心裡不知道為何，突然有點討厭眼前的小梨。

§

因懷孕的關係，現在小梨只幫客戶剪髮，任何接觸化學藥劑的工作大姐都不讓她做，也減少她的工作時數。這天她結束工作後，阿朝來接她回到自己公寓。他們坐在沙發上看電視。她躺在他大腿上，摸著自己手上鑽戒。他摸著她的肚子，問，「妳覺得是男的女的？」小梨不假思索地說，「男的。」她覺得這次懷孕跟上一次感覺截然不同。阿朝倒說，「我希望是女的。」小梨問為何。阿朝說，「因為女生比較早熟，以後可照顧弟弟妹妹啊。」小梨心想，「不管是男是女，它都會有姐姐，但姐姐是需要人照顧的大麻煩。」十一點，他們進房睡覺。燈滅後，她睡不著。這時，她看見在街燈映照下，投射在牆上的樹影，宛如珊瑚一般隨風輕擺著。小梨的手腳很冰，阿朝的高體溫總讓她很舒服，這時她聽見他的鼾聲，那是一種規律的幸福鼾聲。她忽然很渴望有完整的幸福。她是能有的，也將會有，但卻也有威脅。她摸著自己微凸的肚子，想著裡面的孩子與身旁的阿朝，她覺得她有責任保護他們。

隔天她下班前，傳訊囑咐阿朝不必來接她，今晚她要睡大姐家。五點左右，她上樓去。由於大姐晚上跟朋友去高雄玩，不會回來。她煮了簡單的晚餐跟馬菲莉一起吃。吃飽後，她倆一起進女兒房間。直到晚上十點，小梨請馬菲莉睡自己的房間，說她要陪女兒睡覺。馬菲莉露出擔憂表情，問：「這樣可以嗎？」小梨說沒問題。於是馬菲莉指著妹妹的鼻胃管、呼吸器，要她特別注意。小梨比了OK手勢，又做了睡覺手勢，要她趕緊去睡覺。馬菲莉這才放心點頭離開。

小梨緩緩走到床邊，溫柔地望著女兒。她摸摸她額頭，女兒半閉的雙眼似乎試圖睜開但依然失敗，僅微微動了眉，嘴又開始呶來呶去。小梨內心充滿無比歉疚，她對女兒說，「妹，妳辛苦了。是媽對不起妳……」她將她扁塌塌的手拿起，放在自己微凸的肚子上，「知道它是誰嗎？它可能是妳弟弟或妹妹哦，妳很高興吧？」小蘿這時雙眉動了動，好像真懂小梨的話。小梨忍不住微笑，「我就知道妳懂。」半晌，她把小蘿的手放下。她依然看著她，淚水不禁滴落到女兒臉上。她輕聲地說：「妳很累了吧？妳真的辛苦夠了，媽懂的。媽也知道妳希望弟弟或妹妹跟媽媽都能幸福，媽都知道的……」

§

小梨突然遭受嚴重的打擊，阿朝整個過程都陪伴在她身邊。他雖然對整件事的來龍去脈一知半解，但自知此時不宜追根究底。他看著小梨臉上不斷滑落的淚水，心疼不已，不斷地出言安慰著她，也要她多保重，不能再哭，肚裡還有孩子呢。

大姐跟馬菲莉哭得傷心欲絕。馬菲莉甚像個小孩一般，坐在地上哇哇大哭。大姐跟這孩子有很深的感情。原本當她知道小梨懷孕且不敢跟男友說自己有女兒的事時，她內心暗自打算，若阿朝真不能接受，自己就來照顧這個可憐的小女孩。

檢察官與法醫相驗後，起初覺得奇怪，因為小女孩死時，雙眼布滿血絲，身體皮膚上也有血點，看來非常像被悶死。但小梨的說法也解釋得通。她說那天半夜，女兒的呼吸器脫落，她睡得太沉，沒注意到，女兒因此缺氧死亡。檢察官與法醫討論後，認為那些徵象確實也有可能是因缺氧導致，因此未再提出質疑，且小女孩受苦已久，這也算種解脫吧。

在小蘿死後，小梨跟阿朝坦承一切。她死去的女兒，是在她高二時產下。她曾被人強暴，那是一段不堪回想的過去。阿朝逼問強暴她的人究竟是誰，她最後才坦承是當時的校工。但兇手已死，孩子也死了，再追究也毫無意義。小梨問阿朝能否原諒她欺騙他，他大為震驚並擁她入懷，說，「妳真傻，這一切不是妳的錯，對妳，我只有心疼。」說完，他無比溫柔地，給她悠長的一吻。

§

那晚半夜，大姐一個人坐在僅點著小燈的客廳裡，看著手上的照片，不斷流著淚。她手上有兩張照片，一張是小蘿尚未車禍前的照片，穿著黃色派大星上衣、紅色短褲，古靈精怪比耶的樣子，很可愛；另一張則是大姐弟弟的照片。兩人的臉幾乎是一個模子印出來的。

過往在小梨來美髮店裡當建教生時，她弟弟曾跟小梨交往。兩人都是初戀，且相愛至深。小梨實習時，常偷跑出去跟她弟弟約會，大姐總睜一隻眼閉一隻眼。她弟弟曾跟她說，自己因小梨，才真明白快樂是什麼滋味。兩人在小梨實習結束時，哭得傷心不已，因為那意謂著，她得回南投，未來見面可難了。兩人約定好，她一畢業就來大姐美髮店當正式員工，他們就能每天見面了。

然而小梨回南投後不久大姐弟弟因思念她，騎車南下去找她，卻在中潭公路撞上路旁違停貨車，當場死亡，頓時天人永別。小梨連他最後一面也沒見著。大姐深知道他倆之間是真正的愛，也非常感謝小梨讓自己弟弟曾經那麼快樂。

她明白，小蘿就算呼吸器脫落，也不至於窒息，她是能自主呼吸的。但她什麼都沒想，什麼也沒說，只覺得她好想念小蘿那個孩子……。

天才的眼神

大家都說佳威與士杰這對兄弟感情很好。據說士杰常跟朋友說，他覺得朋友可以換，愛人也可能換，只有親情永不變，世上沒什麼比親情更重要。士杰只有一個哥哥，他很愛他。佳威在三十一歲那年，因腎病需換腎。父母和自己老婆做了比對，都不適合，最後僅士杰匹配。他毫不考慮就捐了一顆腎給佳威。十多年過去了，只有單腎的兩人，依然健壯如牛。佳威常常在公開場合跟眾人說，若非士杰，自己早一命嗚呼了，是士杰救了他一命。他永遠感恩他這位再造父母。

他們的爸爸陳阿保是農人出生，長相憨厚，像已逝演員馬如風，身體也很健壯，但那是他唯一優點。他娶了一個水準跟他差不多的女人，兩人只會說客家話，國語都說得二二六六，腦袋坦白說，也不是很好使。但他們卻生了一雙很棒的兒子。佳威是師大畢業的國中老師，士杰更優秀，是妙手回春的醫生。很多人問他們如何生出這麼傑出的兩個兒子，他們都搖搖頭，說自己也不懂。但認為人生的一切都是命，否則像他們這樣的資質，又沒錢，也不懂教育，居然生了老師跟醫生，這是任誰都無法解釋的。

佳威一直有些羨慕士杰。他長得很帥，以前大家都說他有幾分金城武的樣子，而這話也有幾分正確。但他很愛玩，除有一幫豬朋狗友外，女友也一個換過一個，常讓父母擔心不已。他們尤其害怕自己忽然成了年輕公嬤。佳威則相反，但也不算醜，就是很平凡，一張讓人記不起來的臉。他不愛玩，有空就幫忙家裡的早餐生意，舉凡包水煎包、煮豆漿、煎蛋餅、包飯糰，炸油條諸如此類，都難不倒他。國中畢業時，他也順利考上了第一志願，是他們家族的第一人。很多親戚來家裡恭賀，他當時小小嚐到了虛榮的滋味，那感覺令他飄飄然。上了高中的他，依然非常懂事，回到家就幫忙父母備料，再晚一些就念書。他喜歡英文，常常打開收音機，一面放著ICRT聽英文，一面工作。他當時很崇拜一位台灣土生土長叫大衛王的DJ，他的口音極為道地。他很認真讀書，很早就對未來有想法，決心要當老師，後來也順利考上分數極高的師大公費英文系。他當然也是他們家族第一個考上國立大學的。父母非常高興，替他慶祝，準備了一大鍋炒米粉跟雞湯，免費請街坊鄰居吃，還買了一長串鞭炮來放。當天佳威委實高興，也對自己感到驕傲，還在眾人面前用英文發表一篇感想。

士杰高中則考上第二志願（其實比預期好，已跌破眾人眼鏡）。高一、高二時，依然愛玩，且仍與那群從國中就開始交往的壞朋友往來，常常一起騎著改裝機車，在外面亂按喇叭飆車。他們都讀私立高職，多數都讀汽修科；其實他們也非真正的壞孩子，只是不喜念書，士杰自己明白。父母很擔心他學壞，但士杰當時脾氣很牛，父母只要一念他，他就是吼著回去，惹得家裡氣氛很差。他們束手無策，於是叫佳威講講他。佳威覺得十分為難，他也不想當壞人。

那晚，嵌在雲中的月亮是滿月，像極了撥開一半、露出蛋黃的蛋黃酥，把附近的雲朵照出一圈黃。他們兄弟倆跟幾個堂哥在家裡院子裡烤魚。那是他們白天在附近池塘釣來的吳郭魚，很肥美，但土味很重，他們用了很多米酒調味。夜晚的風徐徐，帶有桂花的香味，幾個堂兄弟喝著啤酒，談天說地，氣氛好不愉快。佳威不喝酒，士杰喝了一些，眼圈很紅，像極了漫畫裡的酣醉人物。佳威這時跟士杰說了父母的擔憂，士杰雖脾氣差，但不會對哥兇。他只跟佳威說，「哥，你別擔心，我不會學壞啦！我自有分寸，而且我對讀書，很有把握的。」佳威覺得士杰眼神裡有一種堅定，使得他講不下去，只好敬他一口啤酒。但佳威其實沒喝，只用酒瓶碰了一下嘴唇，說，「那讀書上若有任何問題，尤其英文，可問我。」

士杰在高二下忽理了光頭。爸媽跟附近鄰居都嚇了一跳，以為他加入什麼幫派。他原不打算解釋，但看家人緊張不已，才雲淡風輕地跟家人說，「我這一年不玩了，大家都不要吵我，我要讀書，我要考醫學系。」佳威聞言，不認為他好高騖遠，有理想是好事，只覺得他太小看讀書這件事，而且他就讀的高中，從未有人考上醫學系，就連他讀的學校，也不是每年都有的。爸媽則不敢發表意見，擔心又吵了起來。士杰認真拚了一年，或許是資質太好，最後如願考上醫學系，創下該校歷史紀錄。後來甚至有記者特地來校採訪。校長、校務主任跟班導師陪著他受訪，他主要是跟記者分享讀書技巧。但隔天見報時，記者重點居然都在於他的外貌與金城武是多麼的相似。

這可是光宗耀祖。他們爸媽獲知喜訊時，像兩個孩子一般，在客廳不斷地原地拍手狂跳，那也是保守的他們此生的第一次。後來他們不是炒米粉，而是請來真正的總舖師辦桌，辦了八張，每張八千八。他們邀來所有親戚，又請了電子花車，穿著清涼的辣妹在車上狂叫狂跳，眾人放鞭炮、放煙火，在夜空炸出一朵一朵的閃亮花朵，好不熱鬧。此外，他們還殺了六頭豬，在貨車上免費分切給親戚跟街坊鄰居，花了少說快二十萬。

「我們陳家居然要出第一個醫生了！」父母向每一桌賓客敬酒時，都說上這麼一句話。他們驕傲向親戚炫耀弟弟的樣子，不知為何，讓佳威深感失落。佳威的情緒非常複雜，當然他替弟弟高興，這毋庸置疑；但他覺得平日都在玩樂的弟弟，竟只花不到一年的時間，就取得多數人的夢想，未免也太不公平了！他忽然想到那一晚士杰眼神裡的堅定，那是一種「我想要什麼就絕對能得到什麼」的眼神，一種真正的天才的眼神。那時他才頓悟，弟弟是真正的天才，是他這種平凡人，完全無法比擬的。

他覺得很不甘心。

§

那一年，佳威進行了健康檢查。他覺得自己還年輕，很健康，報告上雖顯示腎功能異常，但覺得應沒事，所以未特別掛心。之後教書繁忙，這件事更是被他拋諸腦後。過了一陣子，他常覺得累，就算休息過後，也依然覺得疲累不堪，那是一種無法消融的累。後來一次，他在學校外面，可能吃了不乾淨的食物，居然連吐三天，身子也不斷顫抖、發冷汗，還不時抽筋。老婆小眉帶他去醫院急診，打了點滴，休息後，好了一些。當天士杰也來看他，他們見他跟急診室的醫生談了一會兒，後來走近他們身邊，一臉嚴肅地問他們，「怎麼拖那麼久才來看醫生？」他們看著臉色嚴肅的士杰，臉也沉重起來。沒等他們回答，他又說：「不過應是沒事的，他們會幫你抽血，做點檢查。」

他告假兩天後，回到學校上課。大概早上第一節課結束後，跟醫院的人通了電話，才知道自己得了腎臟病，而且是末期。他並不意外，他想起之前的健檢報告，該報告已說明他腎臟有問題。一開始他不太明白腎病的嚴重性，畢竟聽來不像癌啊、中風啊那樣可怕，本還以為大概是像鼻竇炎之類的小病呢，但院方的人把他的病況說得很嚴重，使他擔心起來。

這病來得又急又快。吃了一、二個月的藥，改善有限。他經常疲憊不堪，噁心想吐，骨頭深處發痠疼痛，上課根本無法專心，最後不得不向學校告了長假。醫生說，他只剩兩條路可選，一是洗腎，二是換腎。父母跟小眉都去檢驗了，可惜都未配對成功；士杰是私下去檢查的，他是個適當人選。

佳威在家裡看著自己兩個年幼孩子，在他們的雙眼裡，彷彿看不見自己與他們的未來。他沒有哭，只覺得自己怎麼如此不幸，他不甘願。小眉則一面哭著，一面罵他為何那麼不懂得照顧身體。他也不懂啊，他不胖也不煙不酒，吃東西節制，過油過甜過鹹過辣都不吃，手搖飲料、零食都不碰，還定期跑操場運動，明明就很健康，怎麼醫生說他慢性腎炎已多年？他不想洗腎，覺得洗腎恍若被判了死刑；就算不死，也沒了生活品質。他們聽說很多人到對岸換腎，但被騙錢的，被換黑心腎臟的，也時有所聞。他雙手抓著臉，感到無力，還是忍不住哭了。他還想活啊，他熱愛生命啊。這時，士杰來到他家，恰好目睹哥哥與嫂嫂在哭。他拍拍他的肩膀，跟他說，「哥，你不要怕，我不會讓你有事的。」

在手術前，穿著一樣的深藍色手術服、躺在病床上的兩人牽著手，嘴裡相互打氣，但在彼此眼中看見相同的深層恐懼。手術歷時約八個鐘頭，醫生出來跟家屬說，手術很成功，才讓眾人鬆口氣。士杰在恢復室醒來時，第一句便問，「我哥情況怎麼樣？」

§

兩人之後的成就更是天壤之隔。佳威當老師，也當上主任雖不錯，但士杰成就非凡。不僅是優異的外科醫生，也取得整形外科醫師執照，又與醫師朋友一起開了醫美診所。他的診所很成功，因長相帥氣的他，就是活招牌。他專攻女性整形，也經常上電視節目講解女人美容的事，在社會上小有名氣。他定期赴美研習，也引進新技術，以致每天預約求診的人不可勝數。然而他依然不改濫情惡習，佳威常見他與不同女人來往，其中不乏有名氣的漂亮女人，如小模、演員，或歌星等。一直到四十歲，他才稍微收斂，與一個模特兒等級的美女S交往了比較久的時間。但因女方太年輕，兩人並未結婚（其實是他故意拖延），但已同居。他簡直是人生超級勝利組。

當然換完腎後，佳威覺得自己重生了。但他不如其他獲得重生的人一般，好像十分感激上天，他反而對人生產生疑惑。憑什麼他必須承受這樣的痛苦？為何他得一輩子小心飲食？一輩子吃抗排斥藥？他並沒做什麼壞事啊。此外，他覺得世界很不公平。他一直很關注健康，卻生了重病；士杰生活糜爛，又煙又酒，卻不曾生病，最後自己居然還得要士杰來救他。他一輩子都很努力，絲毫不鬆懈，但自己的成就卻與士杰天差地遠。士杰是個享樂主義的人，簡直要什麼就有什麼，到底是憑什麼？這會不會太諷刺了？他忽覺自己不太理解這世界的運作方式，他的努力是為了什麼啊？上天未免太任性了。

他於是接觸了某種神祕宗教。那宗教成員中，很多人是企業界大老，也有大學教授、歌星、演員，甚至醫生等。很多人以為這類神祕宗教是一種老鼠會，目的是為騙人、斂財，最後會害人家破人亡云云，佳威原本也這樣以為。但他接觸後，的確產生了一些他無法解釋的事，讓他不得不信。他忽覺他的心聲被聆聽了，他的疑惑被理解了；而那個聆聽、理解他的人，不，不該說人，祂畢竟是所有神佛的代言人，當然就是他們宗教的偶像。你若批評他們，他們不會對你生氣，只會覺得你可憐，因為你沒有慧根，你是瞎的，你不懂所謂宇宙世間真貌，而你，也將會有惡障，且該惡障將永遠伴隨著你。他信了那宗教，才知原來他今生的苦與難，都是上輩子的惡果造成的。他不該抱怨，他應修行，如此來世，乃至往後的生生世世，才能有福報。他覺得他在那個宗教裡，找到了自己的人生意義。

但他是一個聰明的人，知道這世界的多數人，對於他們的宗教抱持懷疑態度；他們因罪孽深重，而沒有機會真正理解所謂的「道」。故在校，他從不談教；真正知道他信教的人也不多，除了他老婆孩子外，就剩他的父母跟士杰。他老婆不喜歡他信教，但她不敢批評；一旦批評就是吵架。小孩一向不大理會他。父母對他信教其實稍有疑惑，但他是老師，又一向是家裡最理性的人，他的權威讓他們沒膽發言。士杰對他的宗教信仰則毫無意見。他覺得佳威喜歡就好，這是人的自由。一年後，佳威在該宗教體系裡，晉升到了某種階層。宗教需他們捐款，但他沒有那麼多錢，他跟士杰提及，沒想到士杰為挺佳威，沒多做考慮，便讓他以自身的名義捐了兩百萬。佳威的心情五味雜陳，拿錢固然高興，卻也非常嫉妒。

佳威今年四十五歲，人生稱得上順遂。一向守規矩、很會讀書的他，從師大英文系畢業後，在國中任教，後來也當上該校主任，也曾獲得優良教師獎。他太太是銀行經理，對於打理錢財很有一套。兩人有兩個還算聰慧的小孩，生活過得不錯。他自信教之後，覺得人生更有意義。對他而言，現在最重要的事，就是參與每週一次的會場活動。大家穿著一樣的紅色制服，在場內膜拜那位所有神佛代言人的偶像。他們膜拜祂時，或許會大哭、大笑，或身子顫抖，無論什麼舉動，都是那所謂神佛代言人的偶像傳遞給他們的意念。士杰則是一位極為成功的整形美容醫生。他有一雙巧手，能讓人的眼嘴鼻變得更美更挺更誘人，也修奶臀，還會抽脂塑體；但他是一個昂貴的人體修理工，月賺百萬以上。他的女友一個換過一個。他覺得美很重要，世界是現實的，只有物質的美，包括人體的美與金錢的美，才是人生至關重要的東西。

他們雖從內到外，天差地遠，但他們是感情最要好的兄弟。

也因此在士杰的葬禮上，做哥哥的佳威，哭得傷心欲絕。在場的人，都很為他們的兄弟情動容。

§

每次家庭聚會，士杰總安排家人到極高檔的餐廳用餐。像這一次母親生日，他們來到〇〇餐廳。佳威的一雙兒女興奮不已，這餐廳太出名，可是連有錢都不一定吃得到的。老闆是在法國學廚藝十多年的主廚，雖因禿頭而乾脆理起光頭，但本人高挺帥氣，外型依然亮眼。他拍過一些電動牙刷廣告，出了幾本食譜書，都非常暢銷。他的餐廳跳脫傳統風格，走創意路線提供揉合法式、日式和台式風格的獨特料理；來客也不用點餐，這是創意無菜單餐廳。他的菜單每月更換，沒人給過負評。他很常上電視受訪，也是士杰的朋友，他的老婆在士杰的醫院「維修」過不只一次。在他們入席後，他還特別過來打招呼，並介紹菜色，給足了士杰面子。

佳威的兩個孩子非常崇拜叔叔，覺得他帥又會賺錢，而且還認識很多名人，酷斃了。每次跟同學講起叔叔，兩人都覺得很有面子，跟囉嗦又無趣的父親天壤之別。尤其叔叔以前還曾帶過一個名氣很大的線上女歌手來爺爺奶奶家裡，他跟她短暫交往，後因男方不忠而分手。女方很愛他，後因情傷，消失在歌壇好一陣子。兩個孩子見到大明星時，簡直欣喜若狂，一直在她面前唱她的成名曲。但她其實很討厭那首歌。

他們父母的視線也總在士杰身上。逢人就說自己有這樣的兒子多麼幸福，又常常說他很孝順，買了什麼給自己，帶自己去哪裡玩諸如此類的。確實未婚的士杰是極其孝順的，他長大後不知為何，也許是高成就讓他的性格變得柔和又穩重。他幾乎不發脾氣，總笑臉迎人，儼然是個完美的人。他稍微令人感到負面的，除前面提過的濫情外，是他生活型態的改變。他變得極其奢侈，名車一部換過一部（佳威現開的車也是士杰的舊車，當初給他時，也才開了一年），身穿名牌衣物，尤其襪子是不洗的，他把一雙上千元的名牌襪當免洗襪使用；家裡裝潢極其華麗，又富有藝術氣息，還有數名傭人。

佳威都看在眼裡，覺得他的生活方式，幾乎是罪惡的程度。夜深人靜時，他腦袋裡經常想著，以他們宗教觀點來看，士杰的診所收費高昂，犯了貪罪；夜夜笙歌，犯了淫罪；生活風格極其鋪張，又犯了豪奢罪，已是一個罪人。他根本在提前消耗今生的福分，未來恐怕不會有好下場。他很擔心，害怕士杰未來會遭受報應。然而他不曾在士杰面前提過這些，他知道他不信教，只信自己，說這些恐怕只會引起他的反感。他在他面前，永遠是個微笑的溫柔哥哥，總說自己多麼為他驕傲，說他是他們家族最大的榮耀，當然，也很常提及他給自己一顆腎的事。但士杰不喜歡佳威提這事，他覺得那是他該做的，畢竟他們是兄弟；他覺得今日若立場互換，佳威一定也會這麼做。他跟佳威說，希望他能夠忘了這件事。但佳威總說，「弟，哥怎麼能忘了這件事呢，你是我的再造父母啊。」

士杰雖不喜歡別人再談這件事，但不僅佳威，其他家人也愛談。這晚母親生日晚宴上，母親又談及此事，說著說著還落淚，說士杰如此疼佳威，她這做母親的，深感安慰。士杰要母親「別再說了，這不足掛齒」。然而卻換父親接著說，「若沒有他，佳威早就完了。」兩人一搭一唱，讓士杰十分難為情。他看了哥哥一眼，他僅向他點頭微笑。為轉移話題，佳威這時拿起酒杯，站起身子，用湯匙敲敲酒杯，發出清脆的聲響。他跟大家宣布，他將帶大家去旅行。兩個姪兒興奮不已，直問叔叔這次要去哪兒。他露出略帶調皮的微笑，說，「你們猜猜？」

那當然不是他們叔叔第一次招待所有人出國旅行，卻是第一次商務艙往返。兩個姪兒不懂長途旅行的商務艙到底多貴，只是很興奮，一直跟同學炫耀，他們將搭十幾個小時的商務艙，到世界另一端的一個說英文的小島旅行。

不同以往的是，在那次旅行中，叔叔不是獨自帶他們去的，還有一個很漂亮的女孩隨行。她就是前面提過的S，才二十一歲，年紀幾乎只有士杰的一半，剛自台大護理系畢業。雖十分年輕，但大家都看得出，她已愛慘了士杰。她是一個個性還不錯的女孩，整個旅途中，用自己的護理專業，無微不至地照顧他們父母，尤其他們糖尿病的父親，幫他量血糖、注射胰島素等。他們父母對她也很滿意，兒子雖是醫生，但一向不太懂得照顧自己。他們覺得若有一個護理專業的女孩來照顧他，他們很安心。

那次夏威夷旅行真的很棒。不但搭商務艙往返，還有專屬領隊跟導遊，又住當地最高級的飯店。窗戶一打開，就是一望無際的湛藍海洋。吃也最高級，早上飯店的 buffet 已很精采，晚上還到有草裙舞表演的高級餐廳用餐。他們去了恐龍灣浮潛，看到了大海龜，去了海洋公園跟海豚玩親親，也去看了珍珠港。六天五夜的旅行，一下子就結束了，卻是兩個孩子能記上一輩子的旅行。士杰覺得很是值得。

§

那晚，接到移工看護的電話時，佳威很意外。移工看護說阿嬤一直叫不醒，好像走了。已略略癡呆的阿公坐在旁邊一直哭。佳威立刻通知弟弟，又打電話叫救護車，同時駕車前往老家。可惜抵家時，母親已走了。躺在床上，像睡著一般。醫生說是心肌梗塞。他們都很意外，媽媽並不胖啊，也注重飲食健康，怎麼會這樣？她還不到死了不讓人惋惜的年紀，在醫院時，士杰自責不已，喃喃自語著，自己身為醫生，卻未注意媽媽的身體健康，太過分了。死去妻子的爸爸，還是一樣像個孩子一般哭個不停，不斷說慘了慘了，以後日子怎麼過，他一個人怎麼辦……

士杰是母親葬禮的主辦人，那是一場極其盛大、風光的喪禮。好多名人都前來致意，包括醫學界、藝能界、政治圈，甚至連黑道的人物也到場。此外，也很多媒體來採訪。戴著墨鏡、一身黑色西裝、梳著油頭的士杰在媒體前，感嘆母親走得太早，最後咬著拳頭啜泣。很多在電視前的女人看到新聞，都覺得他既孝順，又很有吸引力。雖是媽媽的葬禮，士杰卻成了最明顯的焦點，恍若母親是他一個人似的。佳威學校的同仁來弔唁時，也都關注、討論著如大明星的士杰。佳威看著宛如被眾星拱月的士杰，覺得自己好像在暗處、被人遺忘的螻蟻。他牙齒咬著唇，都沒發現唇已被自己咬得出血。

爸爸之後搬到佳威家裡住。士杰非常感激佳威與大嫂的付出。他問佳威自己一個月須負擔多少。佳威說當然不必啦。但士杰之後每月匯十萬給佳威，看護費他額外支付。

§

士杰那晚在旅館跟一名女性友人手牽手出來時，完全沒發現自己被拍。報紙刊出他偷腥的消息時，他也很意外。很多記者打給他，他把手機關機。那女性友人卻大方受訪，說：「對，他追我很久了。」記者又問她是否知道他有女友，她則說，「我覺得他愛的應該是我。」佳威與阿眉看到新聞時，覺得士杰可能被她設計。他們不認識她，但大家都知道她是誰。常在媒體上，自稱來自上流社會的她，算是個社交名媛，但沒人明白她真正的底細為何。「那麼骯髒的女人耶。」阿眉覺得小叔有夠隨便。

士杰那天提早回家，發現S坐在客廳，雙肩低垂著。這已不是士杰第一次在他們交往期間偷腥了，但深愛士杰的她，總沒辦法真正離開他。他原本以為S會大吵大鬧。但這一次她卻出奇地安靜。他走到她面前，蹲了下來，摸摸她淚流滿面的臉。

當天稍晚，佳威一家子來到一間高檔餐廳，附近不好停車，他們遲了一會兒。

是士杰臨時約的。他們抵達餐廳時，士杰與 S 已到了。他們都盛裝打扮，尤其 S 一身紅色洋裝非常漂亮好看。但他們才剛看到新聞，甚連兩個孩子也都清楚，他們覺得有點尷尬。不過士杰約吃飯，他們總不好拒絕。這時 S 一臉喜孜孜，更是讓他們暗暗地納罕。坐定位後，大家寒暄幾句，沒人敢提今天新聞的事。一會兒後，服務生拿來菜單，士杰如往常一般，要他們不要客氣，隨便點。氣氛一直有點怪，直到 S 秀出左手的無名指。他們才懂，原來士杰向 S 求婚了。

吃完飯，他們一行人散步到餐廳外的小公園，裡面有一座看來像蛋糕的噴水池。那是一個氣溫宜人的夜晚。士杰與佳威並肩站著聊天，說著彼此的事業；阿眉拉著 S 的手看著她的鑽戒不斷驚呼，S 笑得合不攏嘴；兩個小孩則在噴水池旁，背對著噴水池，玩拋幣許願的遊戲。這公園很小，但綠意盎然，燈光下的植物此刻在周圍黑暗襯托下，更顯得嬌艷可愛。

§

S 一開始自責不已，不斷地說，若她早一點回家，也許還能挽救一切。但身邊的人還不清楚情況時都說，這也許一切都是命。

S當天很早就出門了。這一天阿眉特別排了特休，陪未來的小嬸去看婚紗。她自己也很喜歡跟年輕的S相處，讓她自覺年輕。兩人看了幾間婚紗店，試了很多套婚紗，S身材好又漂亮，所有婚紗在她美貌的襯托下，都顯得好看，使得她們難以抉擇。但婚禮在三個月後，一切還不急。試穿婚紗後，她們去吃大餐。S不敢吃太多，怕在婚禮上顯胖。但阿眉說，「妳知道妳多瘦嘛？別瞎擔心了。」之後她們又去按摩，是很愉快的一天。她原本約阿眉去她家吃晚飯，但她婉拒了，說「妳未來大伯不喜歡我太晚回去」。她笑了笑，「我們又不必然會是妯娌，妳也不是不知道，妳小叔超級花！」阿眉也笑，說：「別擔心，我看得出他很愛妳。他若再亂搞，我揍死他。」S聞言，呵呵大笑，「那就有勞未來大嫂了！」阿眉看著她的笑，覺得她真是年輕貌美。儘管小叔帥又有成就，但依舊是大叔年紀了。她嫁給他還真委屈。

根據救護人員的說法，他們接到通知後，立即前往士杰住處。他們發現他赤裸死在浴室裡，蓮蓬頭的水都還在噴著。S坐在他身邊，不斷哭泣，水一直打在她的頭上，讓她臉上的妝都花了。他的頭流著血，但看不出是意外還是被人攻擊。他們確認他的狀況時，她跟救護人員說，「來不及了。」

眾人本以為士杰可能是入浴時，因暈眩而摔倒，頭部撞到鐵把手而死。據S

的說法，他這一陣確實常喊身體不舒服。她一直要他去醫院檢查，但他很鐵齒，說自己是醫生，很明白自己的身體狀況。他對她說，「我沒事，只是太累。」檢察官原本也如此推測，想到他僅剩一顆腎，也許是跟腎有關的疾病，造成他暈倒，撞擊頭部，才引發死亡。驗屍後，法醫發現他尿液裡的尿毒數值很高，確實很有可能是剩餘的腎臟出了問題。但後續血液檢查卻令他們吃驚，他體內居然有砷，且濃度甚高。他原來是被毒死的。法醫認為可能有人以針筒將砷注入他體內。後來他花了很多時間，才在他的大腿內側，找到注射孔，證明了他是被人殺害的。檢察官默不作聲，直接安排刑警入他家搜尋凶器，結果真在他家中找到注射器，裡面還殘有一點砷，且上面有指紋。經過比對，是屬S的。

§

S還處在極深的哀傷裡，她無法理解他怎麼就這樣離開自己。他上回才跟她說，她是對的人，想跟她定下來，要永遠疼她。那天，刑警來她家逮捕她時，她還在一面哭，一面看著他與她的合照。

她雖矢口否認，一直說自己沒有殺害他。她很愛他的，他是她這輩子最愛的人，且他很疼她，他們要結婚了，她根本沒理由殺她。檢方認為她所言，部分屬實，但深愛一個人，未必就不會想殺了對方。他認為這跟感情糾紛很有關，除前陣子爆出的新聞外，據他們身邊的人透漏，受害者跟 S 在一起的期間，常常偷腥。他的花心根本沒有變過。

「那我的不在場證明呢？阿眉可證明我當天跟她在一起啊。」

檢察官搖搖頭，「以妳提供的說詞，跟法醫提供的受害者的死亡時間來推算，妳仍有時間可殺他，那不在場證明根本沒有意義。」說到這時，他摸摸人中，「最要命的證據是，妳的指紋出現在那含有砷的針筒上，這妳怎麼解釋？」

§

兩位刑警這天來到佳威住處，打算與他們深談 S 跟士杰的感情狀況。但佳威跟阿眉都說 S 不可能殺人。阿眉說：「這麼可愛、善良的人不可能殺人啊，而且她沒有動機，他們也要結婚了，士杰對她很好，很愛她。」

刑警問：「不久前才有新聞爆出他偷腥，請問，士杰是否經常背叛 S？」

阿眉看了佳威一眼，恍若不太敢主動說小叔的事。佳威這時點頭，「是……」

「但那些都是玩玩的，」阿眉說，「他唯一認真愛的，只有S。」

「那件事他們是怎麼解決的？我指不久前的新聞……」

佳威略經思考，才說：「我覺得新聞報的，不一定是真的。」

「他們有為那件事爭執嗎？」

「就我所知，沒有。」佳威說。

「但……」阿眉欲言又止。

「沒關係，您請說。」

「我是不知他們是否曾為那件事爭吵，但那件事發生後不久，我小叔就跟S求婚了。」

「原來是這樣。」刑警說，「那……在受害者死前，他們的感情好嗎？」

「我覺得很好。」阿眉說。佳威這時也點頭。

刑警又問，「請問，你們有沒有見過他們吵架，甚至打架？」

阿眉看向佳威，欲言又止。刑警轉而看向佳威，「請你們不要保留，跟我們說清楚。」

佳威摸了摸下巴，才說，「我們有一次到他們家勸和，是我弟打給我們的，他說S鬧自殺。」

「鬧自殺？」

阿眉這時才說，「對，我們到的時候，客廳都是血，嚇死我們了。S割腕，而且不讓任何人碰她……」

佳威接著說：「那時我們問他們『發生什麼事了』，但他們都沒說話。最後我弟才說，『沒事，是她鬧情緒而已。』」

「對，我小叔說，她情緒不好，才自殺。S聞言，就崩潰，然後說是小叔在外面亂搞，他想逼死她之類的……」

「我們後來就送他們去醫院，那時我才發現，原來我弟也受傷了。我問我弟是不是她傷了他，他只說沒事，跟她無關。我猜S當時可能傷了自己，又傷了我弟……」

「這是多久以前的事？」刑警又問。

「大概半年前吧。」佳威說。

兩個刑警這時露出若有所思的表情。

§

這麼短的時間內，面臨兩個至親的死亡，佳威在葬禮哭得傷心欲絕。這次有更多的媒體與達官顯要前來致意，但這次的主角從士杰換成了佳威。做老師多年、口才辯給的他，在媒體上談了弟弟的為人，說他很疼惜家人，對家人大方，當然也談及他捐腎給自己的事。最後他提及S，說他們一家子都跟S很熟，也很喜歡她，但他們都不懂，為何只是因感情糾紛，就殺了他們最深愛的家人。說到這時，他泣不成聲。兩個姪兒也對叔叔的逝去悲痛不已，在現場哇哇大哭，在鏡頭上都看得一清二楚。

他們父親因母親的逝去，腦袋已越來越不清楚。他們這會兒沒讓他知道士杰的離去。他偶爾會問起士杰的事，問他怎麼那麼久沒來看自己，但一會兒後，他又什麼都忘了。

法醫在法庭上說，士杰死亡時間約在當天下午四點到七點之間，是被毒死的，他後腦的傷口不足致死。檢察官則說，阿眉與被告分離時大約是五點，她抵家時差不多六點，因此是有足夠時間犯案的。他也跟關係人談過，有鄰居聽到案發前幾日從他們房子傳出的爭吵聲，此外受害者家屬也表示，受害者是個花心男人，被告有曾因他偷腥而自殺且傷他的紀錄。這時檢查官拿起一個裝著針筒的透明證物袋，說：「這是在案發現場發現的針筒，裡面尚有殘留的砷，而且上面有被告的指紋。」

儘管S矢口否認犯案，但缺乏有力的不在場證明，且凶器、動機都有，S最終還是被判處了十五年的有期徒刑。

§

士杰沒孩子，父母是他的遺產繼承者。但他的父親因母親驟逝，而顯得痴呆。佳威很快將從爸爸手中，拿到士杰所有遺產。

但佳威不貪，對物質毫無興趣，未來拿到士杰的遺產後，他將悉數捐給他的宗教。這一切是他的神佛代言人的偶像啟發他的，祂讓他明白，身為一個哥哥，他必須拯救罪孽深重的弟弟。

在事成該週的活動上，他在他的神佛代言人的偶像面前，坦承了一切。當然並非口頭坦承，而是在內心暗自告訴祂的。原來士杰死的那天稍早，他來到他的家。他帶了很多酒，說想跟士杰喝一杯。他知道只有一顆腎臟的他們不能喝太多酒。他自己僅假裝喝，並沒真正喝下，然而深愛杯中物的士杰當然難以拒絕誘惑（這其實也是他餘下的那顆腎臟不好的原因），豪飲了幾杯。不久後，便醉得不醒人事。他保留了S之前替爸爸注射胰島素後留下的針筒，小心翼翼不破壞指紋地清洗過，再裝入砷。他把砷注入他的身體，他開始顫抖不已。淚流滿面的他抱著士杰，跟他說：「哥是為你好……你好好走吧……」約莫十分鐘後，他停止顫抖。之後他拖著他到浴室，把他的衣服脫光，再拿他的頭撞牆邊的鐵把手，以製造傷口。他把蓮蓬頭打開，把東西收妥，刻意留下針筒後，再悄悄地離開他的家。

佳威之所以殺士杰，不是為了自己，而是為了士杰。他又貪又淫又豪奢，已有太多罪孽，將來會讓他陷入永劫不復的痛苦之中。為了他的來世，他必須停止他的罪孽，才因此冒險殺了他。他認為「這是我對他捐了一顆腎臟給我的報答」。對佳威而言，S也滿身罪孽。他知道她的過去，她為了與佳威交往，而拋棄交往四年的窮男友。這女人也是貪，但不致死，所以只讓她失去了十五年的自由。

那天，他在內心向他的神佛代言人的偶像坦承一切後，祂對他露出笑容。他明白祂知悉也認同他所做的一切。下一刻，他很震驚，因為祂臉上出現的眼神他認得的，那是他弟弟之前也有過的眼神，那種天才的眼神。此刻神佛代言人的偶像摸摸他的頭，他感到一股暖流灌入他的頭頂，讓他不住前後劇烈搖擺。他於是跪了下來，激動地向他的神佛代言人的偶像用力磕了幾次頭。

少女彼得潘

郁秀很喜歡小孩。她一直覺得人心的初始樣貌是透明、乾淨的，但時間就如染料，會不斷地在人心上鋪上一層又一層的不同顏色，就算不是每種顏色都難看，但人總會變得越來越骯髒，也因此她覺得成人都是汙穢、噁心的，就算再怎麼溫柔或所謂善良的人，她也覺得他們都是有目的性、都是假的。但她覺得自己不一樣。就如麥可．傑克森，她覺得自己是永遠長不大的小女孩，覺得自己還是純淨的。

所以她不喜歡與成人的溝通，有時連朋友、家人，甚至男友都不喜歡；太多的虛假與惡意，她忍受不了。這是她當初能上台大，卻選師大的原因，她想當小學老師，想一輩子跟小朋友打交道。但近年來，國小老師甄選的難度極高，就算她有師大學歷，考三次都落榜，現只能窩在安親班。

「大人的世界好煩啊。」她在辦公室裡，甩著筆，感嘆著。那長相討人厭的主任還在講台上囉哩囉嗦，她左耳進右耳出。雖沒在聽，但依然覺得他的聲音很煩人，彷彿進入耳膜她都嫌髒。她來教書只打算把知識傳給孩子而已嘛。其他的事，她一點興趣也沒有，也覺得不該是她的工作。但現在少子化，安親班的學生越來越少，能不能繼續經營下去，都是未知問題，她也不能抱怨太多。此刻，已晚上快七點，學生早已走光，她卻還沒吃飯，肚子很餓。他們加班是常態，當然沒有加班費，這不打緊，但常常加班是為開會，主題卻總繞在招生問題，讓她覺得根本是浪費人生。就像這時，主任又一直交代有關招生的事，要老師們注意學生家長有沒有其他孩子，若有，得趕緊讓他們報名。又或者要老師們多注意自己親朋好友是否有孩子，要多推銷。要不，未來招生名額不夠，大家都得喝西北風。這大家都心知肚明啊，何必一直說？說了又有何幫助？她跟另一個英文老師 Tina 交換眼神，兩人都受不了主任的廢話。

「那麼，今天大概就這樣，辛苦各位了。」主任的廢話總算結束了。

「Oh, Yeah!」郁秀內心喊了一聲。這下她總算可回家了。她拿起手機，看到男友的 Line，他問「下班沒？」那已是一個小時前的訊息。她回，「該死的老頭剛剛才結束廢話，要回去了。」男友立刻已讀，並回：「開車小心。」她很詫異他竟回得那麼快，於是回：「你回得那麼快，看來你工作很閒喔，真令人羨慕，早知我也不讀師大了。」她訊息一發出，男友就回傳了一張笑臉圖。她男友書讀得沒她好，畢業學校只算一般，但選對科系，又進對公司，薪水優渥，尤其加上分紅，年薪破百，很令她羨慕。她決心一定要考上老師，不然自覺低他一等，很不服氣。

郁秀收拾好包包，走出安親班，跟 Tina 一起步入電梯，Tina 按下 B2 鍵。這棟大樓的地下樓層很黑，過去還發生過暴露狂事件，所以每次下班，兩人都一起下去。Tina 有像男人的體魄，又高又壯碩，跟她走在一起很安全，且她是她少數喜歡的成人之一。她個性很真，孩子們雖有時會嘲笑她的體型，但她還是跟她一樣喜歡孩子。她是英文老師，過去在英國南安普敦大學念了大學和碩士，說起英文極好聽又標準。郁秀不懂英文極好的她，居然也考不上正式老師。她覺得教甄一定出了一些問題。

Tina 問她，「要不要一起吃晚餐？十一街？」十一街是她們很愛的餐廳，兩人超愛該店的蒲瓜水餃。但郁秀想了想，「我媽最近身體不好，今天想回我媽家，下次吧。」Tina 哀怨地說，「好吧，我自己去吃。」郁秀嘟起嘴，說：「對不起喔。」Tina 說，「誰叫我不爭氣，到現在還單身，若有男友就好了，不用每天自己吃飯。」郁秀說，「那是妳太挑。」說完，她吐了吐舌頭。

電梯門打開，B2 樓層依然幽暗，令人害怕。

兩人道別後，各自向自己的車走去。

§

110勤務指揮中心接獲民眾報案，一個操著客家腔國語的老男人緊張地說，他跟老婆在新庄子公墓的水溝裡，發現一具女性屍體。警方請他待在原地，並表示立刻會有員警過去查看。

新庄子也算純樸的鄉下地方，距上次殺人案，可能是五年以前。那次是一名年輕男子拿榔頭捶死父親的案件。新庄子派出所就在公墓附近，兩名員警接獲通知後，也緊張不已，趕緊騎車過去查看。不到五分鐘，他們進入該墳場，看到幾個人圍攏在前方。他們一抵達現場，那些人紛紛讓開。員警便看到一具在水溝裡的女屍。下身赤裸，上身衣物被扯破，巨大雙乳袒露在外，臉上被一層厚厚的泥土覆蓋。雖看不到臉，但看得出應是年輕女人。

是一個老農報的警，他跟老婆在現場。但現場有五個人，除報案的老農夫妻外，尚有一名中年男子，跟兩名看來是未成年的孩子。一個較高，可能國中，另一個可能還是小學生。兩位膽子都很大，臉上毫無懼色，尤其小的那一位，還有點兒嬉皮笑臉的感覺。可能也到了對女體有興趣的年紀，兩人直盯著裸女屍看。

員警A即刻拉起封鎖線，並要兩個小孩離開，但他們不聽。員警A有點生氣，斥責他們不能那麼不聽話，還嚇唬他們，再不走晚上會有鬼抓他們。比較年長的孩子露出懼色，一副想走的樣子，但矮的那個，居然嘻嘻笑了起來。員警

A這時真的火冒三丈，怒吼：「再不走，我就把你們抓起來，關進牢房！」兩個小孩才趕緊跑走，矮的那個臨走前，還對他比了中指。員警A氣不過，抓起水田邊一把泥，扔了過去。

員警B先跟老農夫妻做了筆錄。老農說，墳場對面的田是他的，他跟太太每天都很早來這裡工作。今早亦然例行過來工作，才發現屍體，於是報警。老農太太針對屍體發現過程都未發表意見，僅一臉同情地問，「能不能找點東西讓她遮一下身體？」員警B說，「最好不要碰案發現場，擔心汙染證據。」老農太太嘆了口氣，「真是可憐的女孩啊，家人會哭死哦……」員警B又問，「發現屍體的當下，有沒有在附近看見不尋常的人？又，有沒有人碰過現場？」老農夫妻都搖頭。

員警B接著跟中年男人問話，剛去洗手的員警A走了回來，站在旁邊聽。中年男人則表示，自己是住附近的人，就在旁邊衛生所的隔壁。他是早起運動路經這裡。但老農夫妻比他們早發現屍體。他純是因好奇，才跟著他們在這裡一起等警察。員警B僅嗯了一聲。

不一會兒，竹北分局的偵查隊與鑑識組也來到現場。鑑識組隨即開始鑑識工作，兩名刑警則跟老農夫妻及該中年男人談話，但內容跟剛才派出所員警所談的大同小異。兩位刑警抽起了煙。看來很會社交的員警 A 拿了兩瓶涼的給他們，三人閒聊了一會兒。員警 B 則在附近巡視。鑑識組初步認定死者遭到姦殺，死亡時間約在八小時前。他們在女子身上找到一個金屬卡片盒，裡面有十來張卡，包括四張不同銀行發行的信用卡、Icash、好市多會員卡，三張金融卡，以及身分證跟健保卡等。

§

阿詹是〇〇科技的工程師。工作時間是下午三點到晚上十一點。他很喜歡這份工作，因他可以晚起，有時臨時要辦什麼事，如去銀行之類，也用不著浪費特休。此外，工作也不算忙。尤其在九點過後，他幾乎沒事，就坐著玩手機或發呆等著下班。這是他第一份工作，已有六年年資。個性穩定的他胸無大志，覺得若可以，這份工作他想做一輩子。

他有一個論及婚嫁的女友。人還算漂亮，尤其身材很好，上圍尤其驚人。他跟她是在一個聯誼活動認識的。那是在石門水庫舉辦的活動，一個晴好溫和的日子，他還記得當時耳畔不時傳來灰喉山椒鳥的啼叫聲。上百個年輕男女在玩配對遊戲，他們分到同一隊，總共十個人。其實他第一眼不是看上她，但後來兩人被分成一小組；他們默契很好，簡直無懈可擊，在數個活動中，都贏了比賽。活動結束後，他向她要了電話。她鬆了一口氣，因為她也喜歡他，一直在琢磨著，他何時才會跟自己要聯絡方式。

他很愛她。有時雖覺得她稍微幼稚，尤其快三十歲的人了，還喜歡看《櫻桃小丸子》，還不時模仿小丸子的說話腔調。他妹曾跟他抱怨，要他提醒她，不要這樣說話，好像智商有問題。但他覺得這樣很可愛，回她妹，「又不是妳要跟她生活，就別管那麼多吧。」他們都很迷戀日本，去過京都兩次、東京三次，還有一次去黑部立山，但未能如願見到雪牆，因當天暴雪，行程臨時被取消。他們預計下個月去九州的櫻島火山。他連特休都請好了，而她也跟其他老師調好班。她已學會基本日語，這次兩人準備自由行。客廳裡擺著多張他們穿著浴衣或和服的合照。他們已同居一年多，竹北房子是他爸的，那是一棟在黃金地段的透天厝，價值不菲；以前高鐵徵收了他爸的祖產農地，換來近億現金，於是買下這塊地，也蓋了房子。他們婚後依然會住這裡，現大概像實習吧。他們打算去馬爾地夫蜜月，她聽朋友說，那裡沙灘的沙子美得像珍珠磨成的粉。她很想看看。未來他們打算生兩個，一男一女是最好了。但兩男或兩女當然也不是壞事。他們對未來已有很多打算。

他通常會睡到中午。期間非常討厭被人吵。這時他卻被自己的手機鈴聲給吵醒。他接起電話，是陌生人，對方問他的身分。他說對，但自己不需貸款，也不需購物，不買保險，也沒在投資股票。正當他想掛電話時，對方說自己是刑警，需跟他見面。

「刑警？」他嚇了一跳。

「我們要問你一些事。你現在方便嗎？」

「方便是方便。但……」他欲言又止，「你真的是刑警嗎？」

「真的，見面時我能讓你看證件。」

「但，刑警為何找我？我又不是罪犯。」

「見了面再說。」

「好吧。那我去哪裡見你們？」

「你只要開門就行了。」刑警說。

「噯？真的假的？你們在我家外面？」

「我們不騙人。」

阿詹起床，滿腦子疑惑，嘴裡還碎碎念著。他套了件綠色T恤，又穿上短褲，到浴室稍微整理一下後，穿起拖鞋，就去開門。外面還真站了兩位男人，但他們穿著便服，又戴墨鏡，看來不像刑警，反而像流氓。一位大概四十多，另一位較年輕，也許不到三十歲。他們向他問好。阿詹摸摸後腦，「你們好。」

兩人中年紀較大的刑警Ａ問，「方便我們進去坐嗎？」

「當然。」阿詹說。但內心嘀咕著，「你們都不請自來了，我能不讓你們進來坐嗎？」

三人來到沙發落坐。阿詹問他們要不要喝點什麼，刑警Ａ搖搖手。

刑警Ａ從胸口口袋裡，拿出證件，「這是我的刑警證。」

阿詹看了一眼。很特別的紅色證件。這是他第一次見刑警證，當然也無從辨別該證真偽。

他們未浪費時間，逕問，「能不能告訴我，你昨晚五點之後的行蹤？」

阿詹又問，「噯？問……這個幹嘛啊？」

「你先不要反問我們。」刑警Ａ嚴肅地說，「先回答我們問題就好。」

「昨晚我在上班啊，十一點才下班，下班就回家了啊。」

「到家大概幾點？」

「我有去買消夜啦，抵家應十一點四、五十分吧。」

「有人可證明你去買消夜嗎？」

「證明？應沒有，但就在竹北頂好對面那間賣稀飯的，他們沒開發票，我不知他們店內有沒有監視器。」

「大中華稀飯對吧？」

「嗯。」

「有人可證明你回來嗎？」

「這要怎麼證明？」阿詹搔搔頭，「社區外應有監視器可拍到我的車進來，但我不確定該監視器是否正常運作，嗯，其實我連有沒有監視器也不清楚，可能要實際確認一下。除此之外，應沒其他證明了，不好意思。」

刑警A這時沒有回話。刑警B也沒出聲。事實上，刑警B除了打招呼之外，到目前為止都未開口，可能是菜鳥。

這時刑警B看了刑警A一眼，向他取得同意後，忽清了一下喉嚨，說：「詹先生，陳郁秀小姐是你的女朋友對嗎？」

阿詹露出訝異神情，「對……你們為何問她？」

刑警A的態度這時忽然軟化，說，「詹先生，請你先不要太緊張。你知道她昨晚去哪裡嗎？」

阿詹這時有極不好的預感，「昨晚？……我昨天上班期間有 Line 問她下班沒，她好像很忙，一直到七點多，才回說要回去了。後來不久後，又接到她訊息，跟前天一樣，她說：『我今天回我媽家睡。』她有時會回家睡，她家住新豐那邊的新庄子，最近又因她媽身體不好，所以很常回去……我也就沒再追問……請問兩位，為何問起她的事呢？」

兩位刑警這時低聲交頭接耳。阿詹心跳如鼓。

刑警 A 這時才說，「詹先生，我們很遺憾地通知您，您女友陳郁秀的屍體今早在新莊子墳場附近被人發現了。」

阿詹愣了一下。「你們是說，我女朋友死了？」

刑警 B 說，「是的，詹先生請您節哀。」

阿詹的眼淚流了下來，但他很快把眼淚擦去，他想知道更多細節。「請問……她是怎麼死的？」

刑警 A 說，「目前可確定是他殺。但其他細節，因偵查不公開的原則，我們還不能說太多，很抱歉。」

「你們通知她父母了嗎？」

「派出所那邊應通知了。」

「最近您女朋友……曾跟你抱怨什麼嗎？」

阿詹這時情緒非常低落，說話變得很小聲。「沒有，我們之間都很正常，原本打算今年年底要結婚的……」

「好的，不好意思。另外再請問一下，她最近有沒有抱怨被誰糾纏，或誰讓她不舒服的事？」阿詹發現他們用詞開始變得非常謹慎、有禮。

阿詹想了一會兒，說：「也沒有。秀的個性很靜、很溫柔，也很膽小。她偶爾抱怨她工作的主任有時給她太多跟教學無關的工作，但抱怨工作也是很正常的，其他則都沒有。我們這一陣的日子不敢說很美好，但確實一切都好。」

「能不能再仔細想想……」

兩位刑警又看到他臉上的淚水。

「真的沒有……」

刑警Ａ想了一下，覺得不忍再折磨他。「好的，那詹先生請您節哀，我們今天談話就到此為止。」

兩位刑警離開前，向他深一鞠躬致哀。

阿詹關上門後，忽覺腦袋很沉，雙眼底隱隱發痛。下一刻，他覺得自己恍若要失去平衡，趕緊扶住桌子。他看見桌上擺著他與郁秀穿和服的合照相框。「那是在京都吧？」他想，「對啊，那天還下著雨，雨水讓京都更加浪漫，撐紅傘的藝妓也讓我們印象深刻。我們是在一個下坡處的什麼店啊？不記得店名了，反正吃了很好吃的蕎麥麵跟炸蝦，秀還說要記住店名，下次要再來吃一次。」

他手按著頭，努力回憶，卻怎麼也想不起店名來。「秀明明說要記得的……」他碎碎念著。之後卻忽失去平衡，跌坐在地上，放聲大哭了起來。

§

經法醫解剖後，郁秀死因是窒息。她脖子上有勒痕，但並非致死主因，主要是被面容覆蓋上的泥土給悶死。法醫表示，死者曾吞下一些泥土，代表兇手在她生前就塞泥土入她嘴。但他不懂兇手這麼做的原因，似乎太殘忍。她外表並無明顯傷口，除脖子上的勒痕、雙手腕上的抓痕，以及背脊部位的擦傷，研判是被兇手拖拉過，其他都完好。雙手指甲縫裡嵌有一些皮膚組織，經ＳＴＲ分析後，確認是男人的，且極有可能是兇手的；研判是她在反抗兇手時，用指甲抓了對方，因而留下來。她有被性侵的跡象，但未發現精液，下體分泌物經分析，發現是男性唾液。另外，她身旁還有一個 7-11 塑膠袋，裡面有一碗被吃過的義大利麵的包裝，跟一瓶被喝完的可樂瓶。義大利麵的包裝袋因被揉捏過，指紋破碎無法辨識，但可樂瓶有完整指紋。經比對，屬她跟 7-11 店員的。但可樂瓶上尚有其他未比對出結果的指紋；然而很難說是兇手的，也有可能是其他顧客觸碰後，又放回冰箱所留下的。

警方在新庄子德川藥店旁發現她的車。鑑識組已搜查過，但可惜的是，裡面未有值得懷疑的東西。她的車也沒有行車紀錄器。鑑識組採集車上指紋並將進行比對，但死者應是下車後，才被殺害。刑警覺得比對車上指紋大概會是白費力氣。

§

郁秀父母是很普通的市井小民。兩人在新庄子傳統市場擺了一輩子的攤位。他們是賣熟雞鴨的。早上大概三、四點，屠宰場會把宰好的生雞鴨送給他們。他們把生雞鴨清理過後，放在一次可容約五隻鴨的大鍋子裡煮熟，再用鹽跟米酒稍微去腥，就載到市場賣。

鄉下老人家通常習慣買一整隻雞或鴨，尤其遇到節日，需要拜拜時，生意很好，幾乎不夠賣。但現在年輕人不懂如何剁雞鴨，越來越多人只買四分之一或更少，生意已不如過去容易，但他們隨時也有退休打算。他們是極純樸的家庭，三口之家，就只有郁秀一個女兒。郁秀原本有個弟弟，三歲時跟著父母去市場，卻自己偷溜出去，被來市場送貨的貨車輾過。當時司機還以為輾到小狗。這會兒，女兒竟也死去。郁秀母親幾乎被打倒。她在想著，是不是自己這輩子賣肉賣得滿身是罪，老天爺在懲罰他們。

刑警抵達他們家時，現場已搭起雨棚，客廳也已設了靈位。兩位刑警下車，急不可耐地抽了煙，看來都是大煙槍。抽完煙，他們走進客廳。死者的遺照印入眼簾。照片中的她穿著黑色套裝，頭髮夾了個櫻桃小丸子的髮夾，看來清秀又單純，像個大學生。他們跟郁秀父母相談，但毫無幫助。悲痛欲絕的他們說詞也跟阿詹相同，表示郁秀是個生活極單純的女孩。她非常喜歡孩子們，夢想是當真正的國小老師。他們不懂，一個如此單純、善良的女孩，怎會遭遇如此橫禍。他們覺得老天爺瞎了眼。

刑警A認為，這起案子可能不是熟人所為，應是隨機犯案。她大概在不對的地方、錯誤的時間，碰上了不該遇到的人，因而丟了性命。因現場沒監視器，若是隨機翻案，他覺得這起案子將會非常難辦。但他覺得奇怪的是，為何沒有發現精液？難道強暴犯準備了保險套？但這起案件看來分明是臨時犯案，他覺得不太可能。他猜測，兇手可能是有性功能障礙的人，應是中年或中年以上的男人。

另一方面，派出所員警則到 7-11 調查死者行蹤。她將車停在德川藥店旁，但他們已赴藥店確認監視器，未見著她蹤影，推測她直接去對街 7-11 購物的可能性極高。7-11 店員見員警來訪，非常緊張，但非常配合地幫忙播放郁秀受害前的監視器畫面。確實在晚間約八點左右，監視器畫面裡出現她的身影。她進店裡買了晚餐，是無糖可樂跟一碗義大利麵。她也請店員加熱，加熱完直接帶走。出 7-11 後，她究竟去了哪裡？恐怕是最為關鍵的部分。

兩位員警在監視器畫面裡，見她離開後，似乎沒打算停止的意思。他們繼續看了一會兒，但之後的畫面就很一般，都是顧客入店、結帳等稀鬆平常的畫面。不過，下一刻他們看到一個中年男子入店。他們即刻叫店員暫停畫面。兩個員警互換眼神，他們覺得那人有點眼熟，其中一個員警用相機翻拍畫面，又請他將整段影片寄給他們。

§

V是一間公司的MIS經理，負責整個公司關於營運軟體及硬體的運作，資歷已很深。他有兩個女兒，一個國中，一個國小。老婆在家附近承租一個店面賣三媽小火鍋。他們日子過得還可以，兩人性格溫和，算是隨遇而安的人。當他們來訪時，他們全家正準備出去。那是週三，火鍋店公休，他特地請了特休，他們要去看一部關於恐龍的電影，還要去吃貴族世家。若刑警再晚一點，可能就遇不到他們了。兩位刑警用客氣，但很明顯不容對方拒絕的語氣，要他跟他們去警局一趟。兩個女兒哭了出來，雖不懂刑警為何找父親，但她們覺得可能有不好的事發生了。妻子也不懂，但隨即想到那年輕女子的案件。「不會吧？」她很緊張地想，「丈夫不會做這種事吧？」然而刑警僅跟她們說，「我們只是要跟他聊聊，不要擔心。」

他們把他帶到偵訊室。首先再一次跟他確認不在場證明。基本上說法跟上次雷同。他下班後就回家，之後都沒有出去，家人可作證。但刑警A說，「這效力薄弱，有時法官也不採信家人提供的不在場證明。」他們故做嚴肅地說，他們掌握了一些證據，要他最好坦承一切。但V僅搖頭表示，自己不太清楚還有什麼可坦承。刑警又問，「你當天早上究竟為何出現在案發現場？」他說，「當天就已說過，我只是早晨運動經過而已。」刑警A這時露出詭異笑容，說：「是這樣嗎？我們知道有些變態殺了人後，會返回現場回味的，你是不是也如此？」V這會兒也激動起來，「我不是變態，你不要亂說！」這時刑警B提起7-11的事，說他那晚分明出現在7-11，為何說自己回家後便未出門，還把監視器影像給他看，問他去7-11做什麼。他無奈回，「我記錯了……我那晚有去買煙。」但他覺得荒謬，自己也只不過去一趟7-11而已，怎麼好像變嫌疑犯？他感到懊喪。但刑警A的威嚴很夠，讓他不敢抱怨，僅配合地回答他所有問題。但兩位刑警的語氣咄咄逼人，偵訊過程讓他不太愉快。

最後刑警A問他是否願提供DNA檢體與指紋供比對。他坦蕩蕩地說，「當然願意。」但很遺憾，他的DNA未與在死者手指指縫裡找到的皮膚組織相符，指紋也與現場發現的可樂瓶上的指紋不符。

案子陷入了膠著。警方雖掌握了可能屬於兇手的指紋與皮膚組織，但針對嫌疑人的身分，卻毫無頭緒，此案很可能就這樣成為刑事檔案裡，永遠破解不了的一樁懸案。可憐的死者母親無法接受女兒橫死，每天吃飯都多擺一雙碗筷，然後親密地要女兒吃飯。丈夫見狀難過不已，勸她要接受事實，要走出來。但她不總一臉不解，說：「女兒明明就在吃飯。」然後又親密地要女兒多夾菜。

§

那年輕男子叫阿世，二十四歲，出自一個貧窮家庭。他們以前住高雄，大概於十五年前搬來新庄子。「他們」是指他跟他母親。他母親不算智能障礙者，但腦袋不太好使，說話也大舌頭，聽人說，是小時發高燒，腦子燒壞了。她沒有丈夫，孩子跟誰生的只有她知道。她搬來這裡後，很多已婚的中年男人知道她獨身，就常來找她，因為她美得不太像話，笑起來很像港星朱茵。但因智能問題，她不理解自己的美，穿著打扮也很隨便，有時還渾身髒兮兮的。但男人並不在意這些，只要臉蛋漂亮，其他缺點他們都看不到。她兒子也不算聰明，也沒繼承母親的外貌基因；讀書時，甚有老師建議他讀啟智班，但他母親堅持他讀普通班，說「他跟我一樣，沒什麼不一樣」。

那天，便衣刑警來家裡逮捕他時，他母親很生氣，一直咒罵刑警，甚至幾乎要動手。刑警覺得她智能上好像有問題，但依然一直耐心跟她解釋，她的孩子涉嫌一起性侵未遂案。但她聽不懂，只覺那兩位警察很奇怪，自稱警察，又沒穿制服，還要抓她孩子。她一直大聲求救，說「壞人要抓我孩子」，惹得鄰居都來關心。最後警方當然還是把他帶回警局。

受害者是一名美國女子，來台教英文已五年。那天她穿著紅色無袖背心，極短藍色熱褲，耳朵塞著 Airpods，聽著 Lady Gaga 的歌，打算去新庄子海邊曬太陽，順便跑步，卻被他尾隨，然後在紅樹林的小路遭他壓制。幸好白人女子平日有重訓習慣，力氣可不小，不但掙脫，還重擊男子一拳。男子逃跑時，女子追著她，被很多人目擊，最後他雖逃走，卻有目擊者認出他來。女子最後與目擊者一起赴警局報案，後來還上了報紙。報上的她，跟幾個員警和目擊者笑著合照，但不知為何，照片裡的目擊者跟警察們站在亮眼的她的旁邊時，都顯得傻呼呼的。

§

那已是八年前的事了。他們只是小老百姓，也沒結識有力人士，他們已明白，自己女兒之死，大概永遠不會有答案。郁秀母親精神已好轉，但他們日子過得不快樂，郁秀父親覺得他們現在只是活死人，日子過得像嚼蠟，一點滋味也沒有。為了生活他們依然去賣熟雞鴨，但一雙兒女都已死去，他們沒有期望。事實上，有的，他們的期望是死亡，希望一家人重聚的日子早點來。然而奇怪的是，他們卻比往常還要健康，過去他們還有些慢性病，但女兒死後，他們情緒低落多年，吃得很少，身體反而變得很好。她有時覺得老天爺是很可惡的，很像個熱愛諷刺情節的劇作家，喜歡讓人的境況與自己的期望往相反方向走去，而祂樂此不疲。阿詹在女友死後一年內，有時會過來看他們，也會去生命花園看她。但不久後，他結婚了。現據說日子過得美滿，他跟另一個女人完成了他與郁秀所有的想望：他們去了宛若人間天堂的馬爾地夫蜜月，有了一雙兒女，還去了黑部立山，阿詹如願看到了雪牆，那景色的美簡直超乎了他的想像，他覺得生活裡找不到可抱怨的地方。他不曾再來看他們，也澈底忘了郁秀。然而這也是理所當然的事，他已仁至義盡。

然而，當他們接獲警方通知時，不知為何，如活死人的他們，內心的情緒還是劇烈波動了起來。

§

分局長在記者會上跟媒體說，「這懸宕多年的冷案現能破，最主要是靠指紋建檔。」在阿世因性侵未遂案件遭逮捕後，警方例行將他的指紋，與過去的冷案做比對，赫然發現他的指紋與同樣發生在此地的一個案子相符。「刑事案件通常跟地緣很有關係。」分局長又說。

但阿世起初否認犯案，但無從解釋自己指紋為何出現在郁秀的案件的證物上：那個可樂瓶。其實若他聰明點，是可解釋他本就住附近，也許是隨手把垃圾丟在該處的；這種間接證據，通常是很難將人定罪的。但他僅支吾其詞。後來警方話說得重，說他們掌握兇手的ＤＮＡ，「一驗就知道，你若再不承認，屆時刑期更重，死刑都可能！」然而後續檢驗結果卻令警方意外，可樂瓶上的指紋的確與他的相符，但郁秀手指指縫發現的皮膚組織以及下體採集到的唾液，卻與他的不符。警方懷疑有共犯。他們告訴他，已有足夠證據將他定罪，若他供出共犯，就有機會獲得減刑。最後警方帶他重回舊地，又讓他看過去的驗屍照片，說之以理，動之以情，才逐漸突破他心房。他終於坦承是「他們」做的；另個共犯比他小三歲，現年二十一，是叫奇倫的一個男子。現於新竹市就讀一所優異大學的理工系。警方來到宿舍找他時，同學們莫不驚訝；長相斯文的他一向很有禮貌，而且還是兩位國中生的家教老師。他被逮捕時一語不發，也不訝異，彷彿早有心理準備。

新聞再次轟動全台，網路戲稱之為「屁孩姦殺事件」。奇倫家的一個鄰居女人受訪時，很不滿地說：「那孩子很乖啦，還是家教老師耶，不可能做這種事。

就算他有，一定是被另一個人指使的，甚至可能被他強逼吧。那孩子當時才十二歲耶，怎麼可能做這種事。你們警察要好好調查，不要毀了人家的前途。」

§

阿世與奇倫小時候是很好的朋友。他們住在新豐的新庄子，算鄉下，但生活機能很好。他們住在衛生所附近，旁邊就是墳場，但兩人早已習慣，不會害怕。在阿世小時候，他母親都在打零工，極其忙碌，不太管他；奇倫的爸媽在台北上班，他跟阿公阿嬤一起住。阿公阿嬤已退休，對奇倫很好，靠著勞退金、老農津貼，還有奇倫父親每月給他的一萬五生活著。兩人雖住得相近，但兩家人並不認識；一回，他們在衛生所旁邊的籃球場看人打球，才認識彼此。當時很熱，奇倫請阿世吃了一支橘子口味的波吉冰棒。後來他們就每天一起玩。奇倫的阿公阿嬤也覺得阿世很乖，很喜歡他，阿世也跟著奇倫喊他們阿公阿嬤。阿世很常在奇倫家裡吃飯。奇倫阿嬤做的蒸蛋很好吃，阿世每次光靠蒸蛋就可吃兩碗白飯。有時奇倫的阿公阿嬤坐遊覽車去北港拜拜，也會帶著阿世去。每次拜完，他們都會去吃那間有名圓仔冰。

兩人平常喜歡騎腳踏車到處跑，鄉下天大地大，任他們遨遊。那天，奇倫帶著阿世去一間賣金紙的店，買了一排鞭炮。之後他們騎車去一間廢棄工廠，那裡有一條野狗剛生了一窩小狗，顯然奇倫是早知道的。小狗似乎都還沒開眼。他們拿了一排鞭炮，點燃，朝牠們丟了過去，嚇得母狗驚逃，還在吃奶的幾隻小狗被甩了出去。奇倫哈哈大笑，阿世不太懂哪裡好笑，但也跟著笑。之後他們回到奇倫的家。趁爺爺奶奶不在，奇倫建議偷看爺爺的 A 片。他們其實不太懂性事，但看得血脈賁張，很想試試看。他們出門，在外面閒逛。正巧遇到一個年輕、胸部很大的女子，提著 7-11 的袋子在路邊走著。奇倫發現她有點眼熟，啊，好像是之前的安親班老師。女子也認出他。奇倫走向前，說「老師好」。郁秀也甜笑說「你好哦」。奇倫問：「老師怎麼會在這裡？」郁秀說，「老師也住這裡附近啊，肚子餓還沒吃飯。」說完，她舉起 7-11 的塑膠袋，「這是老師的晚餐。」這時阿世一直盯著郁秀看。郁秀也注意到他，問奇倫他是誰。奇倫說，「他是我的好朋友。」就在這時，奇倫忽衝向前，伸手就是往她的胸部用力一抓。郁秀很生氣，用力連續打了奇倫的頭幾下。奇倫臉上出現冷笑，走到郁秀後方，使勁把她脖子勒住。他要阿世抓她的腳。但阿世有點猶豫，但奇倫惡狠狠地瞪著他，他只好照做。他們把她拖到一個角落。奇倫把她的衣服拉起，揉捏她的碩大胸部，叫阿世把她的褲子跟內褲脫掉，奇倫把手指伸進去。這時郁秀已被勒昏。他移了移自己位置，開始親吻郁秀下體，又吐了口水。這時他學起 A 片，打算進入她的身體。他把褲子脫掉，進入了幾次，覺得她體內溫溫熱熱很舒服，但他似乎還不懂射精。後來阿世訝異地說，「她好像死掉了。」奇倫嚇了一跳，看了她一眼，好像真的死了。這時奇倫想起阿嬤說的，「人死了，就要入土為安。」他覺得只要「安了」，她就不會變鬼找他們。他們於是把她移到稻田的水溝旁，再扔下去，並拿泥土塞她的嘴，又塗滿她整張臉，且塗得厚厚的一層。最後奇倫拿起她的 7-11 購物袋，裡面是一瓶可樂，跟熱過的義大利麵。他不知怎地，覺得肚子餓了。他喝了一口可樂，又給阿世，阿世也喝了一口。最後兩人分食那碗義大利麵，並把垃圾丟棄在現場，然後各自回家。

臨走前，奇倫交代阿世，「什麼都不能說。」

§

那早，兩個老農為了灌溉水的事而打起架來。其中老農 A 想把自己的水道再拓寬一點，這樣他的田的水才夠，但老農 B 抗議那已夠寬，他若再弄寬，水都跑他那兒去了。老農Ａ七十五，老農Ｂ快八十，兩個老人認識一輩子了。老農Ｂ把老農Ａ打得頭破血流，但看來沒大礙，應只是皮肉傷。老農Ａ坐在田埂，用衛生紙貼著傷口，嘴裡嚷著要告死老農Ｂ；老農Ｂ還站著，一面很兇地吼著「要告就告，我也要告你侵害我的財產」。兩人家屬在旁邊勸不下來，只好報警。員警Ａ覺得無奈，居然為了這種小事大打出手，最後費了不少唇舌，才讓兩人和解，最後救護車抵達，將老農Ａ送醫。

回途時，車上廣播播放著陳奕迅的「十年」。員警Ａ一面聽著歌，一面感慨「人生有幾個十年啊？都活了超過七個十年，脾氣還那麼火爆，簡直白活了！」抵派出所後，他從冰箱裡拿出一瓶純喫茶，一面喝一面看著電視上的新聞。咦？分局長居然上電視了！他正講著郁秀的案子，他記得的，事實上，他正是當初去查看郁秀屍體的那兩個員警的其中之一。

新聞忽出現兩個年輕兇手的畫面。雖戴著安全帽，頭低著，他還是認出他們了。「媽呀！幹！」他內心咒罵著。他們就是案發當天在現場逗留的小孩！他記得自己很生氣地叫他們離開，他們還不聽，尤其那個小的，居然嘻皮笑臉，對他比起中指。

盛夏的當時，蟬叫聲不絕於耳，他忽覺得一股冷意在他背脊流竄。

要推理 110　PG2905

要有光
FIAT LUX

關於殺人這件事……
請勿對號入座

作　　者　馬　卡
責任編輯　陳彥儒
圖文排版　黃莉珊
封面設計　王嵩賀

出版策劃　要有光
發 行 人　宋政坤
法律顧問　毛國樑　律師
印製發行　秀威資訊科技股份有限公司
114 台北市內湖區瑞光路 76 巷 65 號 1 樓
電話：+886-2-2796-3638　傳真：+886-2-2796-1377
http://www.showwe.com.tw
劃撥帳號　19563868　戶名：秀威資訊科技股份有限公司
讀者服務信箱：service@showwe.com.tw
展售門市　國家書店（松江門市）
104 台北市中山區松江路 209 號 1 樓
電話：+886-2-2518-0207　傳真：+886-2-2518-0778
網路訂購　秀威網路書店：https://store.showwe.tw
國家網路書店：https://www.govbooks.com.tw
總 經 銷　聯合發行股份有限公司
231 新北市新店區寶橋路 235 巷 6 弄 6 號 4F
電話：+886-2-2917-8022　傳真：+886-2-2915-6275

出版日期　2023 年 10 月　BOD 一版
定　　價　250 元

讀者回函卡

Printed in Taiwan

國家圖書館出版品預行編目

關於殺人這件事......請勿對號入座 / 馬卡著. -- 一版. --
臺北市 : 要有光 , 2023.10
面 ; 公分 . -- (要推理 ; 110)
BOD 版
ISBN 978-626-7358-05-4 (平裝)

863.57 112014178